Karl Richard Lindscheid

Verstörende Ermittlungen

Roman

Karl Richard Lindscheid

Verstörende Ermittlungen

Roman

Bibliografische Informationen der Deutschen Nationalbibliothek:
Die Deutsche Nationalbibliothek verzeichnet diese Publikation in
der Deutschen Nationalbibliografie; detaillierte bibliografische
Daten sind im Internet unter http://dnb-dnb.de abrufbar.

Herstellung und Verlag: BoD – Books on Demand, Norderstedt
ISBN 9 783759 712295

Widmung

Für Annette – natürlich

I

„Gut geschlafen?“, fragte Tarnus und legte seinen Arm um Hiltrud.

„Viel zu lange“, antwortete Hiltrud und öffnete die Augen. „Eigentlich bin ich schon länger wach, aber ich habe noch gedöst.“

„Ist dir beim Dösen etwas eingefallen?“, wollte Tarnus wissen.

„Ach, Erik, mir ist viel durch den Kopf gegangen, doch dann hast du gemaunzt, dich von rechts nach links geworfen und dann wieder von links nach rechts.“

„Du hättest mich wecken können“, meinte Tarnus.

„Manchmal ist es besser, man arbeitet etwas im Schlaf ab und dann ist es erledigt. Sag mal, hängt das noch mit dieser alten Geschichte zusammen? Du weißt, dieser Überfall damals.“

„Nein“, Tarnus schüttelte den Kopf, „wenn ich mich recht erinnern kann, dann ging es um meinen Laden hier auf dem Kattrepel und meine Späherdienste. Und dann kam noch Gilgs Gutshof nahe Elmshorn dazu, auf dem du doch so gerne bist. Irgendwie habe ich das alles nicht unter einen Hut bekommen.“

Hiltrud lachte. „Wenn dir das schlechte Träume bereitet – vieles ergibt sich doch einfach.“ Sie streichelte zärtlich Tarnus‘ Gesicht. „Du warst vor etwa zehn Tagen bei Hannes dem Bader zur Rasur.“

„Woher weißt du das?“

„Nach zehn Tagen wird dein Bart piekig und nach weiteren drei oder vier Tagen wieder weicher.“

„Soll ich zu Hannes gehen?“

„Nein, Erik. Ich habe das nur gesagt als Zeichen, wie gut wir uns kennen und dass der eine sich auf den anderen stützen kann.“

1

„Das hast du schön gesagt." Tarnus küsste Hiltrud. „Sieh es mal so: Ich möchte so viel Zeit wie möglich mit dir verbringen, und da frage ich mich eben ab und zu, ob es richtig ist, meinen Laden für gebrauchte Sachen hier auf dem Kattrepel weiter zu betreiben. Und dann wäre da noch meine Spähertätigkeit …"

„Die in der letzten Zeit sehr einträglich war", unterbrach Hiltrud. „Weißt du was, Roberecht Erik Tarnus? Wir ziehen uns jetzt an und dann gehe ich in die Küche, um den Frühstücksbrei zu bereiten."

„Haferbrei mit Emmer und Einkorn?", wollte Tarnus wissen.

„Mit Emmer und Einkorn", bestätigte Hiltrud.

„Dazu noch Honig aus dem Alten Land? Schlaraffenland", brummte Tarnus, „nicht nur am Morgen."

„Werde nicht anzüglich." Hiltrud schlug Tarnus gespielt auf den Kopf. „Gehe lieber in deinen Laden und sieh dir mal die Regale an. Dann sprechen wir uns wieder."

„Hiltrud, was ist das denn?" Tarnus kam in die Küche zurück. „Ich erkenne meinen Laden gar nicht mehr wieder. Alles aufgeräumt und vor allem – da ist ja fast keine Ware mehr drin. Der ganze Krempel von Ausschussware ist weg."

„Da sind jetzt nur noch Sachen drin, die wir beide gebrauchen können. Zwei Hüte für den feinen Pinkel Roberecht Erik Tarnus, wenn er einen Gang zur Reichenstraße macht, dazu noch die entsprechenden Umhänge. Weiter eine Auswahl von Gugeln, wenn der Schauermann Erik ein Schankhaus betreten will, und so weiter. Und da gibt es noch Ähnliches für die feine Magd Hiltrud, die auch in der Reichenstraße arbeiten könnte, etwas zum Anziehen für die Arbeitsmagd Hiltrud aus etwas geringer gestelltem Hause und da wäre noch etwas, was man vielleicht einmal brauchen könnte, sozusagen im Notfall. Hast du es gesehen?"

„Du meinst das Gewand einer Nonne? Das habe ich gesehen und mich gewundert. Aber dann dachte ich mir, du würdest es mir erklären."

„Nun iss schon mal." Hiltrud wies auf zwei Schälchen auf dem Küchentisch. „Honig habe ich schon hineingegeben."

Tarnus griff zum Löffel.

„Ich wollte dieses Nonnengewand nicht einfach wegtun", sagte Hiltrud. „Einerseits habe ich zu viel Respekt vor diesen Ordensfrauen, die der Welt entsagen, ihr Leben Gott weihen und ihren Dienst tun. Auf der anderen Seite – wer weiß, vielleicht kann man diese Kleidung ja einmal brauchen. Eigentlich liebe ich Maskeraden nicht, aber in dem Beruf eines Spähers muss man manchmal listig sein."

„Späherin", ergänzte Tarnus, „Späherin Hiltrud." Dann wiegte er den Kopf. „Hiltrud, ich habe ja keine Ahnung gehabt, was du hier bewegt hast."

„Manches erledigt sich eben von selbst", meinte Hiltrud. „Denk nicht so viel nach, grüble nicht so viel. Lass uns erst einmal frühstücken und dann will ich dir noch etwas zeigen."

„Was?", wollte Tarnus wissen.

„Erst das Frühstück."

„Nun gut." Tarnus nahm einen weiteren Löffel aus seinem Schälchen.

„Lecker", Tarnus legte seinen Löffel neben das geleerte Schälchen.

„Eigentlich weiß ich gar nicht mehr, ob ich dir das sagen sollte. Es ist mir fast peinlich."

„Nun sag schon."

„Du hattest ja überlegt, den Räucherofen für die Kleidungsstücke abzuschaffen. Aber ich dachte daran, wenn mal ein schönes Stück hereinkäme für einen von uns beiden, dann könnte es ja sein, dass er weiter benötigt würde. Und als ich in diesen Überlegungen steckte, da kam das herein." Hiltrud stand auf und kam wenig später aus dem Laden zurück. „Das hier." Sie hielt ein Kleidungsstück vor Tarnus hin.

„Was ist das denn?" Tarnus staunte. „So etwas habe ich noch nie gesehen, höchstens davon gehört. Das ist ja ein Nachthemd, welches fast durchsichtig wirkt, das ganz viele Blicke zulässt, ein Nachthemd für eine schöne Frau." Tarnus machte eine Pause. „Sag mal, Hiltrud, dieses Nachthemd würdest du für mich tragen? Ich bin ganz betreten."

Hiltrud lachte. „Ich bin froh, dass es dir gefällt. Aber erst räuchern." Dann wurde sie ernst. „Eigentlich passt das nicht, was ich noch mit dir besprechen wollte, aber das Geschäft gehört nun einmal zu unserem Leben dazu. Gestern hast du mir von deinem letzten Auftrag erzählt: Wie du das verschollene Boot aufgespürt und seinem Eigentümer wieder zugeführt hast."

„Stimmt." Tarnus nickte. „Viel herumgefragt, elbauf und elbab geschippert und dann letztlich erfolgreich gewesen. Aber eigentlich war alles Routine. Was ich dir noch nicht erzählt habe: Nach Abzug aller Unkosten bleiben zwölf Silberlinge als Gewinn, die sind noch in meinem Säckel."

„Großartig." Hiltrud umarmte Tarnus. „Dann sind wir ja wohlhabende Leute. Ich habe Kassensturz gemacht: Wir verfügten bis jetzt über 76 Silberlinge, mit den zwölf Silberlingen dazu wären das 88 Silberlinge."

Tarnus schüttelte den Kopf. „Unvorstellbar, dass ich mal über solche Beträge verfügen könnte – ich meine natürlich: wir."

„Und alles ehrlich verdient."

„Natürlich. Das ist doch wohl Ehrensache", sagte Tarnus. „Doch was tun mit dem Geld? Für ein Haus wird es nicht annähernd reichen. Und in irgendein Konsortium würde ich das Geld nicht stecken."

„Da kommen wir zu dem Thema, welches ich gerne besprechen würde", sagte jetzt Hiltrud. „Und es gehört auch zu den Gedanken, die dir den Schlaf vergällen: Das ist dein Laden hier auf dem Kattrepel, das ist deine Spähertätigkeit und das ist die Zeit, die du gemeinsam mit mir verbringen willst. Nun, deinen Laden habe ich aufgeräumt und reduziert, der Punkt sollte abgearbeitet sein. Was die Spähertätigkeit angeht, die würde ich an deiner Stelle nicht aufgeben, sie war zuletzt sehr einträglich. Und dass wir nicht jeden Tag miteinander verbringen können, das ist uns beiden klar, dafür bist du zu viel auf Achse und ich muss eben manchmal zu Gilgs Gutshof nahe Elmshorn. Aber hast du mal darüber nachgedacht, ein klein wenig in eine angenehme Wohnung zu investieren? Ich will dir nicht zu nahetreten, aber unser Domizil hier auf dem Kattrepel ist außerordentlich zweckmäßig …"

„Sehr schlicht", warf Tarnus ein. „Hiltrud, ich ahne es, du hast etwas vor."

„Du warst ja weg", sagte Hiltrud. „Und in dieser Zeit hatte ich ein Gespräch mit deinem Vermieter."

„Der alte Hein, ein lieber netter Herr, manchmal etwas kauzig."

„So wird er von allen Leuten genannt, doch Heinrich von Thusius weiß sehr genau, was er will. Auf der anderen Seite ist er wirklich ein angenehmer Verhandlungspartner."

„Das dürfte auch für dich zutreffen." Tarnus grinste. „Ich nehme mal an, du hast dich wie die besagte Magd aus der Reichenstraße gekleidet, ihn aufgesucht und dich als meine Beauftragte legitimiert."

„Genau so war es. Und der Herr von Thusius war erstaunt und erfreut zugleich. Da würde ja der Kattrepel durch meine Person wirklich aufgewertet, meinte er. Als ich ihn dann zu deinem Mietverhältnis befragte, stutzte er allerdings. Natürlich wäre er an einem langfristigen Mietverhältnis interessiert und auf keinen Fall wolle er, dass dieses Haus zu einem Hurenhaus oder einer Schänke verkomme. Und er würde sich darüber freuen, wenn der Mieter, also Roberecht Erik Tarnus, etwas in dieses Haus investieren wolle. Und selbstverständlich würde er den Mietzins nicht erhöhen, sondern als Zeichen seines guten Willens moderat absenken, damit Meister Tarnus noch lange bei ihm wohnen bliebe."

„Wie du das immer schaffst." Tarnus hob die Hände. „Ich gebe zu, so etwas liegt mir nicht. Aber was genau hast du vor?"

„Komm mit." Hiltrud zog Tarnus in den Laden. „Eigentlich ganz wenig. Ich würde den Raum, der als Laden dient, teilen. Sieh her, hier ein kleiner Teil für das Ladenlokal, dann hierhin eine Wand und eine Tür und dort würde ich einen Raum schaffen, der einerseits eine gute Stube darstellen soll und andererseits das Kontor des Roberecht Erik Tarnus, des besten Spähers, der je in Hamburg tätig war."

„Hiltrud", meinte Tarnus, „lass dich umarmen."

Da bollerte es an der Tür. „Erik", hörte er, „Erik, mach auf, es ist dringend."

„Das müsste Gilg sein", sagte Hiltrud.

„Das ist Gilg", bekräftigte Tarnus. „Ich mache schnell auf, es hört sich wirklich dringlich an."

II

„Danke." Gilg ließ sich auf einen Stuhl fallen. „Was war das für eine Fahrt! Der alte Frietz hat sein Bestes gegeben. Die Seitenschwerter des Ewers ganz tief im Wasser und immer hart am Wind. Vom Hafen bis hierher bin ich fast gerannt. Tarnus, du musst mir helfen."

„Klar", sagte Tarnus, „dann erzähl mal."

Doch Hiltrud mischte sich ein. „Gilg, erst mal ein Bier?"

„Kanne", meinte Gilg.

„Hier." Hiltrud stellt eine Kanne vor Gilg hin, die dieser in einem Zug austrank.

„Erzähle", mahnte Tarnus.

„Es geht um Gertrud", sagte jetzt Gilg. „Die schreit nachts im Schlaf und morgens ist sie verstört und redet keine Silbe. Ich weiß nicht, was da los ist."

„Je mehr du mir erzählst, umso schneller kommen wir weiter", sagte Tarnus. „Lass mich nachdenken. Für mich ist es im Augenblick so, dass Gertrud, dein Ziehkind, auf deinem Gutshof aufwachsen soll und nicht auf dem Kattrepel. Auf dem Gutshof gibt es Pferde, Hühner und Tauben, die sie mag. Außerdem hat Gertrud bisher Unterricht im Lesen, Schreiben und in der Bibelkunde bei dieser alten Frau bekommen, und die beiden sind sich herzlich zugetan."

„Ganz genau, so ist es", bekräftigte Gilg. „Die alte Frau wird von Gertrud ‚Tante Hannelorchen' genannt. Ich habe sie ein paarmal flüchtig gesehen, aber viel weiß ich nicht über sie. Wie du schon gesagt hast, die beiden scheinen sich sehr zu mögen. Ich bin natürlich nicht täglich auf dem Gutshof und weiß deswegen auch nicht über jede Einzelheit Bescheid. Ich weiß nur, dass es meiner Gertrud im Augenblick schlecht geht und dass das wahrscheinlich mit dieser alten Frau zusammenhängt."

„Was hat Gertrud denn erzählt?", fragte Tarnus.

„Gertrud hat mir nichts erzählt", sagte Gilg. „Ich komme nicht an sie heran."

„Hast du mit anderen Personen über Gertrud gesprochen?", fragte Tarnus.

„Eine der Mägde sagte mir, dass Gertrud bisher immer zu der alten Frau ins nächste Dorf gegangen ist. In der letzten Zeit muss diese alte Frau wohl ein wenig wunderlich gewesen sein. Zuletzt hat man Gertrud den Zugang zu ihr versagt."

„Wer?", fragte Tarnus.

Gilg hieb mit der Faust auf die Lehne des Stuhls, auf dem er saß. „Ich weiß es nicht. Ich bin so oft wie es geht auf dem Gutshof und kümmere mich um das Kind so gut wie ich kann. Aber ich bin Schankwirt in einem verrufenen Haus und habe überdies noch einige Huren für mich laufen. Da, wo ich herkomme, ist es so: Wenn man etwas wissen will und bekommt keine Antwort, prügelt man es aus dem anderen hinaus. Ich bin kein Mann, der die richtigen Worte findet für eine lütte Deern. Vielleicht bin ich auch nicht geeignet, so ein junges Ding großzuziehen. Sag mal, Erik, könntest du diesen Auftrag annehmen? Natürlich offiziell, ganz normal und für ein übliches Honorar. Forsch nach, frag herum, vielleicht findest du etwas heraus."

„Hm", brummte Tarnus, aber mehr sagte er nicht.

„Lass es gut sein, Gilg", sagte jetzt Hiltrud. „Mach dich nicht schlechter als du bist. Du tust für die Gertrud eine ganze Menge. Ich kenne nicht viele Kinder und noch weniger Mädchen, die im Rechnen, Schreiben, Lesen und in der Heiligen Schrift unterrichtet werden. Wir alle wissen, dass du einen großen Laden führst …"

„Im Augenblick ist es furchtbar", unterbrach Gilg. „Gerade ist ein Büttel von der Gesundheitspolizei da. Den werde ich wohl abwehren können, aber dafür braucht es viel List. Dann kommen noch die Verhandlungen über die Bierlieferungen hinzu. Und zu guter Letzt bekommt eines von meinen leichten Mädchen moralische Anwandlungen."

Hiltrud stand auf. „Ich werde das übernehmen. Ich kenne den Gutshof und seine Umgebung und kenne genug Leute, die ich befragen kann. Aber vielleicht steckt etwas anderes dahinter. Gilg, aus deiner kleinen Gertrud wird langsam eine junge Frau. Vielleicht reicht es ja auch aus, die Gertrud einmal mütterlich in den Arm zu nehmen und mit ihr zu sprechen."

„Aber ein ganz regulärer Auftrag soll das sein", sagte Gilg.

„Klar", antwortete Hiltrud, „der nächste Kapaun vom Gutshof landet in unserem Herd auf dem Kattrepel und ich denke dazu noch an einen Korb voller Pastinaken und einen Korb voller Kirschen. Gilg, wann geht der Ewer?"

„Frietz ist mit seinem Ewer noch im Hafen. Wenn ich ihm sofort Bescheid sage, könnte er in einer Stunde ablegen und direkt bis zur Mündung der Krocker Aue segeln. Dann müssen andere Fahrten für das Konsortium, dem ich angehöre, kurzfristig zurückstehen."

„An der Mündung der Krocker Aue bietet Sören Willemsen inzwischen Pferde zum Reiten, Einspänner und Zweispänner an", meinte Hiltrud. „Auf diese Weise wird die Reise kürzer. Zwei Minuten, um meine Tasche zu packen, dann gehe ich zum Hafen."

„Soll ich vorlaufen, um mit Frietz zu sprechen?", fragte Gilg.

„Frietz und ich, wir kennen uns doch – und wenn alles abgesprochen ist, sollte das kein Problem sein."

„Soll ich mitkommen?", fragte jetzt Tarnus.

„Ich hasse Abschiednehmen", gab Hiltrud zurück. „Ich werde die Tage und die Stunden zählen, aber so ist es nun einmal. Geh lieber zu Enno Fokke in der Koggestraße."

„Wer ist Enno Focke?"

„Enno Focke ist der Handwerker, der die Wand und die Tür für dein Kontor einziehen wird." Hiltrud tat einige Sachen in ihre Tasche. Und zu Gilg gewandt: „Erik bekommt ein neues Kontor."

„Glückwunsch", murmelte Gilg abwesend. Dann wurde er lauter. „Ihr könnt euch gar nicht vorstellen, wie dankbar ich euch bin."

„Jetzt muss aber noch der Fall gelöst werden", wandte Hiltrud ein.

„Ja, natürlich", sagte Gilg, „aber ihr könnt euch gar nicht vorstellen, wie erleichtert ich erst mal bin. Das werde ich euch wieder gutmachen."

„Aber nicht mit Freibier in deiner Schänke, dem Reeperdaddel." Mit einem feinen Lächeln nahm Hiltrud ihre Tasche, küsste Tarnus und ging zur Tür.

III

Gilg ließ sich in den Lehnstuhl zurückfallen. „Mir fällt ein Stein vom Herzen.“

„Hiltrud wird tun, was sie kann“, meinte Tarnus. „Und sie kann eine Menge.“ Dass der Fall noch nicht gelöst wäre, wollte er gegenüber Gilg nicht äußern. „Außerdem hat Hiltrud das nötige Fingerspitzengefühl. Das wird in Bezug auf deine Gertrud sehr hilfreich sein.“

„Du wirst recht haben“, sagte Gilg, „aber so ganz schlau werde ich nicht aus deiner Hiltrud. Seltsam: Einerseits ist sie wirklich sehr hilfsbereit. Ich komme mit einem Problem und sie packt sofort ihre Tasche, um sich gen Gutshof aufzumachen – andererseits tunkt sie mir einen ein mit meiner Tätigkeit als Schankwirt auf dem Kattrepel.“

„Sie ist eben eine ehrbare Wittib vom Lande“, wandte Tarnus ein. „In ihrem Leben sind Schankwirte und Leute, die Huren beschäftigen, noch nicht vorgekommen. Gilg, ich will dich nicht kränken, aber da wirst du doch nicht widersprechen können.“

Gilg hob die Hände. „Keineswegs.“

„Sie hat eben einen feinen Humor. Sie sagt etwas, ohne zu kränken. Und sie hat Tiefgang. Und sie hat ein Herz. Das merke ich jeden Tag. Und dazu: Was meinst du, mit welcher Inbrunst sie das Vaterunser beten kann?“

„Mensch, Erik, du liebst.“ Gilg schlug Tarnus auf die Schulter.

„Von ganzem Herzen“, gab Tarnus zurück. „Ich kann eigentlich noch gar nicht glauben, dass mir so etwas widerfährt …“

„Unfug“, unterbrach Gilg, „du hast es verdient. Und was dich ehrt, du weißt es zu schätzen.“ Er stand auf. „Ich muss los. Der Reeperdaddel wartet. Danke für die Hilfe, danke für das Bier.“

„Keine Ursache", sagte Tarnus. „Vielleicht hast du ja auch mal Glück."

„Ich habe da", antwortete Gilg nach einer kurzen Pause, „nahe Elmshorn jemanden kennengelernt."

„Drucks nicht so herum."

„Na ja, ich weiß nicht." Gilg knetete seine Finger. „Wenn ich ihr erzähle, was ich beruflich mache, dann – ich weiß nicht. Dabei ist es doch so: Ich schütze mit meiner Hurentätigkeit die Jungfräulichkeit der höheren Töchter und gestatte es arbeitenden Menschen, sich mal ein Bier oder ein weiteres zu gönnen, ohne gleich die Familie ins Unglück oder in Armut zu stürzen. Erik, du kannst dir bei mir im Reeperdaddel auch mal die Kante geben oder eine Hure flachlegen, ohne gleich an den Bettelstab zu kommen."

„Weiß ich doch längst", feixte Tarnus. „Warum erzählst du mir das alles? Du müsstest dir nur überlegen, was du der Dame sagst. Ich schlage vor, die Wahrheit, die reine Wahrheit. Dann wirst du sehen, was sie sagt. Egal, was sie sagt: Sie wird sehen, dass du ehrlich bist."

„Auch ein Gesichtspunkt." Gilg wiegte seinen Kopf. „Ich weiß ja selbst noch nicht, wie lange ich das alles machen werde. Ein paar Jahre fehlen mir noch, dann könnte ich vom Ersparten und dem Gutshof sorgenfrei leben. Auf der anderen Seite: Ich habe ja nichts anderes gelernt. In diesem Beruf bin ich erfolgreich."

„Hat die Dame denn schon einen Namen?" Tarnus wechselte das Thema.

„Für dich noch nicht, für niemanden im Augenblick." Gilg wandte sich zur Tür.

„Trau dich einfach mit der Wahrheit", gab ihm Tarnus mit auf den Weg.

„Fällt schwer." Gilg schloss die Tür von außen.

Gilg – das war schon ein besonderer Fall. Tarnus überlegte. Wie hatte es Hiltrud so schön formuliert? „Gilg hat einen guten Kern. Das merkt man. Aber manchmal kann er es sich nicht versagen, zu zeigen, dass es ihm vom Geldpunkt her gut geht und es ihm auch Spaß macht, viele Leute zu beschäftigen und auf Trab zu halten. In seinem Reeperdaddel ist er ein kleiner König und nennt sich auch gerne Gutsbesitzer …"

Tarnus wurde aus seinen Gedanken gerissen. Es klopfte an der Tür, kräftig und laut. Bevor Tarnus „Herein" rufen konnte, ging die Glocke und die Tür wurde aufgestoßen. Ein Mann stand in Tarnus' Laden. „Roberecht Erik Tarnus?", fragte er nicht ohne Schärfe.

„Stimmt, Roberecht Erik Tarnus", gab Tarnus zurück. „Womit kann ich euch dienen?" Er musterte den Mann: Kräftig gebaut, knochiges Gesicht, stechende Augen, verarbeitete Hände, die Kleidung eines Handwerkers, aber eher der Inhaber eines Handwerksbetriebes.

„Ich habe einen Auftrag für euch", sagte der Mann. „Sagt mir eure Konditionen."

„Ihr seid ein Mann mit Tempo, das merke ich schon", antwortete Tarnus, „doch erst sagt mir bitte, worum es geht. Wollt ihr euch dazu nicht setzen?"

„Ich wusste gar nicht, dass man auf dem Kattrepel auch über Stühle mit Lehne verfügt." Der Mann zog sich den Stuhl heran, auf dem zuvor Gilg gesessen hatte, und ließ sich auf diesem nieder.

„Auf dem Kattrepel arbeiten viele ehrbare Handwerker", sagte Tarnus sanft, „besonders die Reepschläger, die für ihren Lohn hart arbeiten. Auch ich bin gerne hier, besonders, wenn ich an die Miete denke, die anderswo in Hamburg deutlich höher ist. Doch wollt ihr mir nicht euren Namen nennen? Ihr kennt doch den meinen auch."

Der Mann stutzte. „Na gut. Ich bin Jan Elversberg. Meine Frau ist verschwunden. Die sollt ihr suchen."

„Was ist passiert?", wollte Tarnus wissen.

„Was soll passiert sein? Sie ist weg. Meine Tochter hat sie auch mitgenommen."

„Meister Elversberg", Tarnus beugte sich vor, „wenn ich ermitteln soll, dann brauche ich Hintergründe, Einzelheiten, kurz, einen ausführlichen Bericht über das, was vorgefallen ist. Meine Späherdienste haben auch mit Erfahrung zu tun und die hat mir immer wieder gezeigt, dass die Ermittlungsergebnisse dann am besten sind, wenn ich möglichst viele und gute Informationen bekommen habe. Mit dem Satz: ‚Sucht meine Frau' ist es da nicht getan."

Abrupt stand Jan Elversberg auf. „Bald steht auf eurer Tür: ‚Wegen Reichtums geschlossen.' Ich werde mir jemand anders suchen."

„Viel Erfolg", sagte Tarnus knapp.

Elversberg verließ Tarnus' Laden.

Tarnus überlegte. Nicht alle Kunden, aber die meisten, waren mit seiner Herangehensweise einverstanden. Dieser Mann schien es nicht zu sein. Gut, ein Mandat weniger, aber kein Mandat um jeden Preis. Am besten wäre es, jetzt einmal kurz bei diesem Enno Focke vorbeizuschauen und mit diesem die Einzelheiten des Umbaus seines Ladens zu besprechen. Was den finanziellen Rahmen betraf, da würde Hiltrud sicher schon verhandelt haben. Aber das würde er schon herausbekommen, und wenn nicht, würde ihm Hiltrud bei ihrem nächsten Zusammentreffen weiterhelfen.

Hut und Mantel? Tarnus inspizierte seine Anziehsachen. Am besten einfach und schlicht gekleidet. War man zu protzig gekleidet, konnte das trotz Vorverhandlungen die Handwerkerpreise treiben, trug man schäbige Sachen, machte der Handwerker möglicherweise einen Rückzieher, weil er um die Bezahlung fürchten musste. Tarnus entschied sich für einen Umhang aus gewalkter Wolle. Das wirkte gediegen und seriös.

Guter Laune bog Tarnus auf dem Kattrepel in die Straße ein, die zu seinem Laden führte. In einer Hand hielt er einen Beutel, in dem sich eine Kanne Bier befand. Er hatte auf dem Rückweg noch im Brauhaus von Dörte Hendriksen vorbeigeschaut. Hier kannte man ihn und lieh ihm im Bedarfsfalle auch mal eine Kanne aus, in diesem Fall gefüllt mit dem besten Exportbier, das hier ausgeschenkt wurde. Das Gespräch mit Enno Focke war sehr angenehm gewesen. Enno Focke erinnerte in seiner Situation sehr an Hannes den Bader: Er hatte sich erst kürzlich in Hamburg niedergelassen, um dort einen Handwerksbetrieb zu führen. Das wiederum hieß, Kunden zu gewinnen, diese zufriedenzustellen, sich gegen die lokale Konkurrenz durchzusetzen, vor allem aber, den Kundenstamm zu vergrößern. „Ein zufriedener Kunde bringt mir zwei neue. Das ist meine Devise", hatte er gesagt. Nun, dies würde ihm bei seinem gewinnenden Wesen auch gelingen. Was Tarnus' Laden anbetraf, hatte er sich noch ein paar Verbesserungsvorschläge überlegt. „Nachdem ich noch einmal darüber nachgedacht habe, würde ich die Tür lieber hierhin setzen", hatte er anhand einer Zeichnung erklärt. „Das spart Platz und ihr könnt mehr Möbel stellen."
„Gute Idee", hatte Tarnus beigepflichtet.
Was den Preis für die Umbaumaßnahmen anbetraf, da hatte Enno Focke noch Einsparpotential aufgezeigt. „Für die Tür braucht ihr kein teures Schloss. Hier ein Riegel, dort ein Griff, das reicht völlig aus. Ich hörte, die neue Wand und Tür sollen euren Laden von dem neuen Kontor trennen."
„Richtig", hatte Tarnus gesagt.

„Seht, wenn mal ein Kunde im Laden zu randalieren beginnt, ab ins Kontor und schwupps den Riegel vorgeschoben. Das geht viel schneller als umständliches Schließen." Dazu hatte Enno Focke spitzbübisch gegrinst, ein Mann, der eine angenehme Stimmung verbreiten konnte. Tarnus war sich sicher, dass Enno Focke seinen Weg in Hamburg machen würde.

Jetzt näherte sich Tarnus seinem Laden und freute sich auf ein frisches Bier. Vor der Tür stand ein Mann. Tarnus ging näher. Richtig, das war der Kunde, der vorhin schon dagewesen war, Jan Elversberg.

„Da seid ihr ja, endlich, ich habe schon geraume Zeit auf euch gewartet", bekam Tarnus zu hören.

„Erledigungen wie immer. Ich bin viel auf Achse, zur passenden und zur unpassenden Stunde. Eine Tätigkeit als Späher erfordert viel Zeitaufwand." Es war bisweilen wichtig, einem Kunden zu zeigen, dass er nicht der einzige war.

„Ich bin ja ganz froh, dass ihr jetzt da seid", hörte er. Der Mann schien etwas friedlicher und besonnener zu sein als wenige Stunden zuvor.

„Kommt erst mal herein und setzt euch." Tarnus ließ den Besucher herein, warf seinen Umhang ab und wies auf den Stuhl, auf dem sein Besucher schon einmal gesessen hatte.

„Nehmt Platz. Ich hole rasch ein frisches Bier." Tarnus ging in die Küche und schenkte Bier in zwei Krüge, mit denen er in den Laden zurückkehrte. Er stellte die Krüge vor seinen Besucher auf einen kleinen Tisch. Er nahm einen: „Wohlsein."

„Wohlsein." Jan Elversberg nahm den anderen Krug und trank einen Schluck. „Ein gutes Bier."

„Feinstes Exportbier aus dem Brauhaus von Dörte Hendriksen. Als ich die Gläser vor euch hinstellte, habe ich mir diesen

Hinweis verkniffen nach dem, was ihr vorhin über meinen Wohlstand gesagt habt."

„Es tut mir leid." Elversberg legte seine Hände um den Bierkrug. „Meine Frau und meine Tochter sind verschwunden, da legt man nicht jedes Wort auf die Goldwaage."

„Schon gut. Aber jetzt zur Sache." Tarnus stellte seinen Krug ab. „Eure Frau und Tochter sind verschwunden. Könnte eine Entführung vorliegen?"

„Nein, völlig ausgeschlossen", kam es zurück.

„Was macht euch da so sicher?"

„Meine Frau und meine Tochter leben in unserem Haus in der Nähe der Süderstraße. Ein schönes Haus übrigens, es ist verklinkert und hat einen kleinen Innenhof. Meine Frau führt den Haushalt und die Tochter hilft ihr, so gut sie kann. Wir haben keine Neider, wir leben für uns. Ich arbeite hart. Ich habe einen kleinen Handwerksbetrieb mit einem Gehilfen. Morgens muss ich früh raus und abends komme ich spät."

„Hat eure Frau einen Namen?", fragte Tarnus geschäftsmäßig.

„Anna."

„Und eure Tochter?"

„Anna."

„Also keine Entführung", merkte Tarnus an. „Das könnte dann heißen, dass eure Frau mit der Tochter freiwillig gegangen ist, um euch zu verlassen. Könnte das sein?"

„Auf keinen Fall. Die beiden haben es doch gut bei mir. Ich sorge für sie. Sie wohnen in einem Haus und nicht in einer Baracke oder einem Hinterzimmer, sie haben zu essen und zu trinken und können sich anständig kleiden."

„Verwandtenbesuch?", fragte Tarnus. „Vielleicht hat eure Frau einfach vergessen, euch zu informieren."

„Meine Frau hat hier in Hamburg und Umgebung keine Verwandten."

„Freunde, habt ihr selbst Freunde?"

Der Mann schüttelte den Kopf.

„Freundinnen eurer Frau?"

„Nein, wir drei haben ja uns. Das reicht."

„Habt ihr irgendeine Vermutung, wo eure Frau sich aufhalten könnte?"

„Nein, deswegen bin ich ja hier."

„Trinkt noch einen Schluck", forderte Tarnus sein Gegenüber auf. Er hob seinen Krug.

„Natürlich, komme nach." Der Mann hob gleichfalls seinen Krug.

Tarnus stellte seinen Krug ab. „Ich nehme mal an, eure Frau ist euch herzlich zugetan."

„Ja, natürlich. Wir haben uns hier in Hamburg kennengelernt und nicht viel später geheiratet. Jetzt führt sie mir den Haushalt und sorgt sich um die achtjährige Tochter. Mehr Kinder kann sie wohl nicht bekommen. Ich achte sie und behandele sie anständig."

„Gab es mal Streit?"

„Bei mir gibt es keinen Streit. Ich bin der Eheherr und Anna ist meine gehorsame Ehefrau. Und wenn wir mal nicht einer Meinung sein sollten, dann gibt es eine Kopfnuss und fertig."

„Was macht eure Tochter?"

„Sie hilft im Haushalt. Manchmal muss ich sie ermahnen, dass sie den Innenhof pflegt. Zwischen den Ziegelsteinen breiten sich Gräser und Kräuter aus und all das muss versäubert werden. Lernen muss sie nichts, denn sie wird später heiraten. Ich behandele sie gut und eine Backpfeife hat noch keinem Kind geschadet."

„Hat sich das Verhalten eurer Ehefrau in der letzten Zeit verändert?", fragte Tarnus. Er wusste, dass er sich auf dünnem

18

Eis bewegte – dieser Mann konnte das Gespräch schnell kippen lassen.

„Ab und zu hat sie geweint", meinte Jan Elversberg, „aber sonst war nichts. Ach ja, ab und zu musste ich sie daran erinnern, dass sie ja eheliche Pflichten hat, aber so etwas soll ja ganz normal sein. Sonst war nichts."

„Hm", brummte Tarnus. „Das scheint ein schwieriger Fall zu werden. Über die Motivlage eurer Frau bin ich mir nicht klar."
„Was ist daran so schwierig?" Jan Elversberg schien unzufrieden zu werden. „Es geht doch eigentlich nur um eines: Schafft mir meine Frau wieder her."
„Was ist, wenn sie nicht will?"
„Sie hat zu wollen." Elversberg schlug mit der Faust auf den kleinen Tisch. „Das ist ihre Pflicht als Ehefrau. Ich krüppele mich ab, ich biete ihr eine Menge. Ich sage es noch einmal, schafft sie mir her!"
„Was werdet ihr mit ihr machen, sollte sie wieder zu euch zurückkommen?" Tarnus trank noch einen Schluck Bier.
Ein Bierkrug flog durch die Luft. Tarnus duckte sich und verfolgte die Flugbahn: Der Krug zerschellte an der Wand. „Grün und blau werde ich sie schlagen. Und sie wird Abbitte leisten, und zwar auf Knien." Jan Elversberg war außer sich. Er sprang auf. „Genug von dem Geschwätz. Ihr wollt den Auftrag nicht, ihr könnt es auch nicht. Da werde ich mir eben selbst helfen. Gnade Gott, wenn ich der Anna gewahr werde." Die Tür flog krachend ins Schloss.

Tarnus klaubte die Reste des zerbrochenen Bierkrugs auf und legte sie auf dem Küchentisch ab. Dann warf er sich seinen Umhang über und machte sich startfertig. Er musste los. Er wollte nicht, dass eine Frauenleiche an einem der nächsten Tage im Fleet trieb.

IV

„In der Nähe der Süderstraße." So hatte dieser Jan Elversberg die Lage seines Hauses beschrieben. Für ihn wohl sein Heim, für seine Frau der Ort, an dem er sie und ihre Tochter unter Kuratel hielt. Tarnus hielt an. Er hatte sich schon ein paar Schritte von seinem Laden entfernt. War er für eine Inspektion dieses Viertels richtig angekleidet? Im Augenblick war er mit einem Umhang angetan. Besser aber wäre eine Gugel, bei der er – je nach Bedarf – die Kapuze über seinen Kopf ziehen und sich damit unkenntlich machen konnte. Tarnus kehrte um und machte sich dann, in neue Sachen gekleidet, auf den Weg.

Die Süderstraße war erreicht. Tarnus durchquerte sie auf dem Hinweg und versuchte, sich die Seitenstraßen einzuprägen. Auf dem Rückweg ging er diese ab, immer auf der Suche nach einem verklinkerten Wohnhaus. Doch bis jetzt – Fehlanzeige. Tarnus probierte eine Parallelstraße zur Süderstraße, doch auch hier wurde er nicht fündig. In der nächsten Parallelstraße kam er per Zufall in eine Seitenstraße, die, wie ein Hufeisen gebogen, wieder zurückführte. Da stand ein verklinkertes Haus! Unwillkürlich die Kapuze der Gugel über seinen Kopf streifend, näherte sich Tarnus diesem Haus. In der Tat war es verklinkert, aber es hatte auch schon bessere Zeiten gesehen. Die Fensterläden hätten einen Anstrich gebrauchen können und das Dach war renovierungsbedürftig. Tarnus blieb stehen. Er hörte ein Geräusch, welches er nicht sofort einordnen konnte. Dann hörte er eine Männerstimme. Es war die von Jan Elversberg. „Brave Katze, feine Katze. Vatter Jan krault dich ein bisschen." Die Katze schnurrte wieder – diesmal klar erkennbar. Tarnus schaute sich um. Niemand schien ihn zu beobachten. Er beschloss, weiter zu lauschen. Er hörte, wie eine

Tür ging. „Hier ist ein Schälchen mit Millimilli. Vatter Jan stellt es dir hin. Feine Millimilli. Lass dich noch ein wenig kraulen." Die Katze fing wieder an zu schnurren. Tarnus ging weiter, ja, er beschleunigte seine Schritte. Wie widerwärtig war doch dieser Jan Elversberg!

Tarnus saß auf einem kleinen Mäuerchen nahe St. Marien und betrachtete das Abendrot. Es tat gut, hier zu sitzen. Nach seiner Exkursion in das Viertel, in dem Jan Elversberg mit seiner Familie wohnte, war er noch an Wiebkes Haus vorbeigekommen. Wiebke – erst seine Schutzbefohlene. Dann Jungmagd, später Magd und jetzt ehrenwerte Ehefrau und Mutter, die mit Nadel und Faden gut umzugehen wusste. Erst hatte Tarnus ihr Näh- und Stickarbeiten vermittelt, doch jetzt hatte sie eigene Auftraggeber und hatte Mühe, diese Aufträge termingerecht zu erledigen. In dieser Richtung war sie oft ganz auf sich gestellt, denn Geerd, ihr Ehemann, war Schiemannsmaat auf der Gelben Drohne, dem besten und modernsten Schiff aus der Flotte des Handels- und Gerichtsherrn Carl von Bensheim. Schiemanns-maat, ein angesehener Beruf, Herr über das gesamte laufende Gut eines Schiffes, also die gesamte Besegelung. Den kleinen Geerd noch an der Brust, ein weiteres Kind unter dem Herzen – es wäre an der Zeit, dass sich Wiebke selbst entlastete, sei es durch eine Zugehfrau, sei es durch eine Magd. Aber so weit war Wiebke noch nicht.

Tarnus schreckte auf. Er merkte, dass seine Gedanken ihm entglitten waren. Wiebke. Es war auch schön, über Wiebke nachzusinnen, aber jetzt hatte er andere Aufgaben, und auf die musste er sich besinnen. Was hieß das? Als Erstes, mit kühlem Kopf und nicht ausschließlich mit heißem Herzen an die Sache heranzugehen. Der Wohnort der Familie Elversberg, wenn man diesen Begriff überhaupt verwenden durfte, war sicher wichtig, doch suchen sollte er nach Frau und Kind, nach den beiden Annas, damit den beiden nichts Böses widerfuhr. Hamburg war eine große Stadt, doch wie viele Menschen lebten hier? Tausend? Zweitausend? Dreitausend? In jedem Fall nicht so viele, als dass dieser Jan Elversberg nicht durch Zufall das Quartier der beiden aufspüren konnte. Wenn man so wollte, ein Wettlauf mit der Zeit. Er, Tarnus, hatte Frau und Kind aufzuspüren und in Sicherheit zu bringen, bevor dieser Elversberg das Gegenteil tat. Eigentlich war es gut, dass Hiltrud nicht da war. Dann brauchte sie nicht seinen hilflosen Bemühungen zuzusehen. Schade, dass Hiltrud nicht da war. Vielleicht durch ein Wort, eine Handbewegung, eine zarte Berührung hätte sie dafür gesorgt, dass er wieder heruntergekommen wäre und sich mit der notwendigen Präzision und Routine seiner Arbeit gewidmet hätte. Tarnus überlegte: Warum reagierte er so? Warum konnte er diesen Jan Elversberg nicht ausstehen? Es war die Art, wie dieser Mensch mit seiner Frau umging. Tarnus fand das verachtenswert. „Sich in die Augen blicken", fiel ihm ein. Aber das bedeutete ja auch, auf gleicher Höhe zu stehen. Sicher, Frauen galten nicht so viel wie Männer, sie hatten kein eigenes Eigentum und im Erbrecht waren sie benachteiligt, aber eine Frau zu achten, das war doch wirklich nicht schwer. Warum bekam er, Tarnus, das hin, warum Hannes der Bader und warum so viele andere Männer?

Tarnus stand auf. Es war gut, ein bisschen nachgesonnen zu haben. Am nächsten Tag erst ein Gang zum Ewerhafen, ein bisschen herumhorchen, ob eine Frau mit ihrem Kind irgendwohin gefahren wäre, dann ein Gang zu den Garküchen nahe der Brücke. Essen musste man immer. Vielleicht noch ein Gang zu den Klöstern, mal sehen. Aber immer nach der Reihe, konsequent und hartnäckig. Das Abendrot war nicht mehr zu sehen. Es war dunkel und Tarnus setzte sich Richtung Kattrepel in Marsch. Es war ihm, als hätte Hiltrud an seiner Seite gesessen und mit ihm gesprochen.

Wie ein Handwerker gekleidet, verließ Tarnus am nächsten Morgen seinen Laden. Gefrühstückt hatte er noch nicht, Hiltrud war ja nicht da und konnte nicht darauf achten, dass er etwas zu sich nahm. Ein kleiner Schluck aus einer Kanne mit Dünnbier, das war es gewesen. Tarnus lenkte seine Schritte zum Ewer-Hafen. Mal sehen, wer von den Schiffern da war. Frietz, der für Gilg und sein Konsortium fuhr, und auch Hans mit seinem Besan-Ewer waren ihm bekannt. Bei den anderen würde er sich durchfragen müssen. Tarnus trat auf den Anleger, an dem die Ewer festgemacht hatten. Ein Anlegen in der zweiten Reihe ging in aller Regel nicht, denn überall musste beladen und entladen werden. Tarnus ging zu einem Ewer, auf den Fässer gerollt wurden. „Geht's nicht etwas schneller?", fuhr der Schiffer die Schauerleute an.
„Ein Fass muss rollen, damit es nicht zerbricht", kam es zurück. „Ein Fass ist kein Geschoss."
„Na gut, aber dann bitte etwas schneller. Die Fuhre muss in fünf Stunden in Wedel sein."
„Frietz gesehen?", fragte Tarnus dazwischen.
„Frietz ist die Elbe runter. Ottensen, Ritzenbüttel und Neuwerk."
„Lange Tour." Tarnus nickte. „Eine Frau gesehen, die Anna heißt, mit ihrer achtjährigen Tochter?"
„Nee, Fässer gesehen", antwortete der Schiffer „keine Zeit, die machen mich noch wahnsinnig."
„Danke trotzdem", rief Tarnus. Er ging weiter. Ganz weit entfernt, am Ende des Anlegers, sah er einen Besanewer. War der Ewer ein Flachbodenschiff mit einem Mast, so hatte der Besanewer einen weiteren, kleineren Mast dahinter. Für einen Ewer genügte ein Mann Besatzung, den Besanewer konnten

normalerweise nur zwei Mann segeln. Tarnus ging näher. In der Tat, das war Hans' Boot. Was mochte aus ihm geworden sein? Es mangelte ihm an Aufträgen. Das war zumindest der Stand bei ihrem letzten Zusammentreffen. Aber das mochte schon ein Jahr oder ein halbes her sein. Wie lange genau? Tarnus wusste es nicht mehr. „Hans!", rief er.

„Komme", hörte er. Ein Mann kam aus dem Laderaum hervor. Hatte er darin geschlafen? Er sah so aus. „Was machst du denn hier?", staunte er, als er Tarnus ansichtig wurde. „Du bist doch der Späher, mit dem ich auf der Elbe Richtung Lüneburg herumgeschippert bin."

„Stimmt", sagte Tarnus. „Roberecht Erik Tarnus. Sag mal, Hans, ich hatte dir doch gesagt, du solltest für neue Aufträge bei Justus Elferding vorsprechen, der rechten Hand des Handelsherrn Eike von Bensheim. Hast du das getan?"

„Ohne Erfolg", murmelte Hans zerknirscht, „die Magd hat mich abgewiesen. Im Augenblick sieht es nicht so gut aus."

„Ich suche eine Frau", sagte Tarnus.

„Ich auch." Hans grinste.

„Halt doch einfach mal den Rand. Ich suche eine Frau, die von ihrem Mann verprügelt wird und die deswegen abgehauen ist. Und wenn er sie wiederkriegt, wird er sie noch stärker verprügeln. Und da ist da noch ein achtjähriges Mädchen. Das gehört auch zu dieser Geschichte."

Hans zuckte mit den Schultern. „Nicht gesehen. Da kann ich dir nicht helfen. Leider." Es klang aufrichtig.

„Na gut. Da kann man nichts machen." Tarnus überlegte. „Sobald ich aus diesen Terminsachen heraus bin, gehen wir zu Eike von Bensheim. Vielleicht lässt sich da etwas machen."

„Glaub ich eigentlich nicht", meinte Hans resignierend.

„Lass mich mal machen", sagte Tarnus. „Sag mal, Hans. Wann hast du zuletzt etwas gegessen?"

„Schon einige Zeit her."

„Dann komm mit. Die Garküchen haben schon geöffnet und ich muss mich stärken. Komm mit und verrammele deinen Ewer."

„Besanewer", wandte Hans ein.

„Besanewer", bestätigte Tarnus lachend, „aber mehr als Kabeljau gibt es nicht, das sage ich dir gleich. Keinen Lachs also. Und wenn du wieder über den Hintern einer Frau sprichst, dann gibt es gar nichts."

„Ist ja gut." Hans machte sich an seinem Ewer zu schaffen.

Die beiden Männer gingen auf den kleinen Platz zu, auf dem die Garküchen aufgestellt waren, vorn einige Brettertische, dahinter Bretterbuden mit Kochstellen, auf denen große Töpfe und Pfannen standen. Tarnus wies auf einen Stand, der seitwärts gelegen war. „Da esse ich normalerweise. Da bekommt man am meisten für sein Geld."

„Sehr in Ordnung", meinte Hans. „Ich habe Hunger wie ein Bär."

Ein Mann stand hinter der Theke. „Na, schon Hunger, was darf es denn sein?"

„Sind früh raus", bemerkte Tarnus. „Ist der Fisch schon fertig?" Der Inhaber der Garküche wies auf eine große Pfanne. „Kabeljau ist fertig. Dorsch braucht noch etwas Zeit. Ach ja, Lachs dürfte auch schon gar sein."

„Lachs", sagte Hans.

Tarnus hob einen Zeigefinger. „Kabeljau war vereinbart. Ich bin kein reicher Handelsherr."

„Kabeljau ist günstiger", mischte sich der Wirt ein, „aber sehr schmackhaft. Ganz frisch. Und die Portionen sind natürlich größer als beim Lachs." Möglicherweise fürchtete er, dass seine beiden potentiellen Kunden sich nicht einig wurden und bei ihm nichts bestellten.

„Zweimal Kabeljau", orderte Tarnus und zu Hans gewandt: „Wenn du keinen Kabeljau willst und lieber maulst, kein Problem, dann lasse ich mir die zweite Portion einpacken."

„Kabeljau ist gut, sehr gut sogar", beeilte sich Hans zu sagen.

„Bei dem Lachs hast du dir gedacht: ‚Man kann es ja mal versuchen.' Aber eines sage ich dir: Wenn du für Eike von Bensheim segeln willst, dann halte lieber einmal zu viel die Klappe als einmal zu wenig. Mach einfach ein höfliches Gesicht und sage: ‚Ja ja' und ‚selbstverständlich.'"

„So, zweimal Kabeljau." Der Wirt stellte die beiden Portionen auf den Tresen. Vorher hatte er schmunzelnd dem Gespräch der beiden Männer gelauscht.

Der Kabeljau war verzehrt. Hans erleichterte sich durch zartes Aufstoßen und Tarnus leckte die Finger ab. „Großes Lob", sagte er gegen den Wirt gewandt. „Wir haben sehr gut gegessen."

Dessen Mundwinkel zogen sich nach oben. „Danke, freut mich", kam es zurück. „Mein Essen ist gut, das weiß ich, aber so etwas höre ich selten."

„Bevor wir gehen, eine Frage", sagte Tarnus. „Ich bin auf der Suche nach einer Frau. Vielleicht könnt ihr mir weiterhelfen."

„So, wie ihr euch verhaltet, macht ihr mir den Eindruck, dass ihr es mit der Frau gut meint."

„Natürlich", betonte Tarnus. „Ich will der Frau helfen. Es klingt merkwürdig, ich weiß weder, wie alt die Frau ist, noch wie sie aussieht. Ich weiß nur, dass diese Frau in der letzten Zeit Übles erlebt haben muss. Fröhlich wird sie nicht dreinschauen. Und wenn sie ein blaues Auge haben sollte, würde es mich nicht wundern. Ach ja, sie heißt Anna und hat möglicherweise ein achtjähriges Mädchen dabei."

„Gestern hat sich eine Frau hier herumgedrückt. Ziemlich mager, verhärmtes Gesicht. Ganz scheu hat sie sich immer wieder umgesehen. Sie hatte ein Mädchen an der Hand. Und dann ist sie auf einmal zu meinem Stand gekommen und hat mich gefragt, ob ich etwas für sie beiden zum Essen hätte. Ich habe natürlich erst einmal gefragt, ob sie das Essen bezahlen könnte. Sie hat verneint. ‚Aber wenigstens für das Mädchen etwas‘, bat sie. Ich habe dem Mädchen dann heimlich ein Fladenbrot gegeben und die Frau hat sich bedankt. Wo sie hingegangen ist, weiß ich nicht. Mehr kann ich dazu nicht sagen.“

„Das ist doch schon viel“, meinte Tarnus. „Ich glaube, die meisten Wirte hier bei den Garküchen hätten gar nichts gegeben.“

„Es ist nicht immer einfach“, sagte der Wirt. „Wenn es sich herumspricht, dass man diejenigen speist, die nicht bezahlen können, dann gibt es unter den Wirten hier einen Aufstand, weil Bettler hier in Scharen auftreten könnten. Dann wiederum müssten Büttel kommen. Kurzum: Die zahlende Kundschaft könnte ausbleiben.“

„Volles Verständnis und danke“, sagte Tarnus. „Bis zum nächsten Mal.“

„Bis zum nächsten Mal“, wiederholte der Wirt und winkte freundlich.

„Wie du das machst.“ Hans leckte sich die Finger ab. Sie waren auf dem Rückweg zum Ewerhafen. „Erst sorgst du für gute Stimmung und dann holst du aus den Leuten all das heraus, was du wissen möchtest.“

„Um gute Stimmung zu verbreiten, braucht es manchmal mehr als ein Wort, aber oft genügt ein Wort, um die Stimmung kippen zu lassen. Das hast du ja selbst schon erlebt.“

„Stimmt.“ Hans nickte etwas zerknirscht. Tarnus legte seine Hand auf Hans‘ Schulter. „Hans, ich will nicht an dir herummeckern, ich will dir nur das Leben leichter machen.“

„Weiß ich doch." Hans zog Tarnus' Hand von seiner Schulter. „Du hast was gut bei mir."

„Ich denke mir etwas aus", sagte Tarnus.

„Was machst du jetzt?"

„Die Frau ist in Hamburg und sie lebt. Das ist schon einmal wichtig. So kann ich meine Suche auf Hamburg konzentrieren. Ich werde gleich nach rechts abbiegen."

„Und dann?"

„Sieh hier." Tarnus hielt an. „Siehst du diesen Stein, der wie eine kleine Säule gestaltet ist?"

„Nie darauf geachtet."

„Freiungssäule nennt man das, auch Weißmarter. Hier ist der Eingang zu dem Kloster der Barmherzigen Schwestern. Und an dieser Stelle endet die Macht Hamburgs. Sollten die Schwestern dieser Anna Asyl vor ihrem Mann gewährt haben, wäre sie erst einmal sicher. Aber wenn sie diese Anna nur vorübergehend aufgenommen hätten, um sie zu speisen, und sie wäre danach wieder weggeschickt worden, wäre die Sachlage anders. Solch ein Kloster kann ja nicht unendlich viele Menschen beherbergen. Wäre sie schwer krank, sähe die Sache noch einmal anders aus. Du siehst, Hans, die Sache könnte kompliziert sein. Aber als Erstes muss ich herausbringen, ob diese Anna bei den Barmherzigen Schwestern überhaupt vorgesprochen hat."

„Und wenn sie es dir nicht sagen wollen?"

„Das genau wird mich einige Überredungsarbeit und möglicherweise einige Silberlinge kosten. Mach's gut, Hans." Tarnus setzte sich in Bewegung.

„Viel Erfolg", wünschte Hans.

Eine Nonne saß an der Pforte des Klosters. Als Tarnus ihrer ansichtig wurde, war ihm klar, dass es schwierig werden würde, an dieser vorbei zur Oberin zu gelangen. Trotz Apfelbäckchen und hellen, flinken Augen wirkte sie resolut. Tarnus stellte sich vor, skizzierte kurz den Fall und kam dann zu der wichtigsten Frage: Ob Anna Elversberg mit ihrer Tochter in diesem Kloster Unterschlupf gefunden habe? Wie erwartet, wollte die Nonne keine Auskunft geben.

„Könnte ich diesen Sachverhalt nicht mit der Ehrwürdigen Mutter Oberin besprechen?", fragte Tarnus.

„Keinesfalls", bekam er zur Antwort, „die Mutter Oberin ist in Exercitien und darf keinesfalls gestört werden."

„Nehmen wir mal an", sagte Tarnus, „diese unglückliche Frau hätte mit ihrer Tochter in diesem barmherzigen Hause Unterschlupf gefunden, dann wäre ich selbstverständlich bereit, für Aufwendungen aufzukommen." Er zog ein kleines Säckchen hervor, in welchem sich einige Silberlinge befanden. „Wenn ihr glaubt, wir sind bestechlich, so habt ihr euch getäuscht. Aber da ich sehe, dass ihr eine mildtätige Ader habt, werde ich sehen, was ich für euch tun kann." Die Nonne erhob sich und watschelte mit nach außen gestellten Füßen davon. Bald kam sie zurück. „Zwei Minuten habt ihr. Für zwei Minuten kann sich die Mutter Oberin freimachen. Bitte folgt mir."

Tarnus folgte der Nonne. An einer massiven Tür hielt diese an, klopfte kurz, öffnete die Tür und ließ Tarnus hinein. Dieser trat ein und fand sich in einem großen Raum aus mächtigem Gemäuer wieder, der aber spartanisch ausgestattet war. Ein paar Stühle vor und hinter einem großen Schreibtisch und an einer Wand ein großes Kreuz.

„Roberecht Erik Tarnus, ich habe mir schon berichten lassen." Die Oberin war nicht mehr jung, hatte aber einen elastischen Gang. „Bitte setzt euch." Sie wies auf einen Stuhl vor dem Schreibtisch und nahm selbst dahinter Platz. Sie richtete ihre großen dunklen Augen auf Tarnus. „Eure Absicht ist, unsere Schwester im Herrn Anna und ihre Tochter vor den Nachstellungen ihres gewalttätigen Ehemannes zu schützen. Das ist ehrenwert, aber euer Urteil gründet sich auf Vermutungen."

„Ich habe selbst gehört, wie dieser Jan Elversberg ankündigte, sie grün und blau zu schlagen, sollte sie aufgefunden werden", warf Tarnus ein.

„Genug." Die Oberin wischte Tarnus' Einwand mit einer Handbewegung weg. „Ich habe mir selbst ein Bild gemacht und mache jetzt eine Ausnahme, was unsere Schweigepflicht betrifft. Ich kann euch sagen, Anna ist hier und ich habe ihr kraft meines Amtes erst einmal Asyl gewährt. Allerdings: Ich bin Oberin, aber nicht Äbtissin. Ich stehe lediglich diesem Haus in Hamburg vor. Der Hauptsitz unserer Kongregation liegt aber nicht hier. Ich treffe Entscheidungen, wie auch in diesem Fall, aber diese sind nicht unverrückbar. Die Äbtissin wird in zehn oder vierzehn Tagen hier sein und ich werde ihr den Fall der Anna Elversberg und ihrer Tochter vorlegen, damit sie selbst endgültig darüber entscheiden kann, ob die beiden bleiben dürfen oder nicht. Seht, Meister Tarnus, die Ehe ist ein Sakrament, welches, vor Gott geschlossen, ein Leben lang gilt. Das gilt nicht nur für Mann und Frau, nein, auch uns geistlichen Schwestern sind da ganz enge Grenzen auferlegt. Und wenn man wie ich hier ein solches Haus betreut, so kann es schon einmal sein, dass man selbst Rat braucht. Und den hole ich mir bei meinem Beichtvater und bei meiner Äbtissin."

„Aber wenn diese Frau zu ihrem Ehemann zurückkehrt, so kann es sein, dass sie verprügelt oder sonst noch was wird."

„Meister Tarnus, ihr wisst gar nicht, was es alles für Leid gibt. Wir können nicht alles Leid lindern. Wir versuchen zu helfen, wo wir können, aber über uns steht der Göttliche Wille, den wir, so schwer das manchmal fällt, respektieren müssen, auch wenn wir ihn nicht immer verstehen."

„Zehn Tage?", fragte Tarnus.

„Am Mittwoch der übernächsten Woche kommt unsere Äbtissin."

Tarnus rechnete. „Also zwölf Tage. So lange hätte ich Zeit, diese Frau an einem anderen Ort in Sicherheit zu bringen."

Die Oberin schüttelte den Kopf. „Ich fürchte, ihr habt nicht verstanden. Sollte unsere Äbtissin entscheiden, das von mir vorläufig gewährte Asylrecht für diese Frau aufzuheben, dann gilt das Recht Hamburgs. Und der Hohe Rat hat oft genug geurteilt, dass einem Mann das Recht auf seine Frau zusteht." Sie machte eine Pause. Dann sah sie Tarnus an und fuhr fort. „Doch die Entscheidung unserer Äbtissin ist noch nicht gefallen."

Tarnus stand auf. „Ihr werdet verstehen, dass es mir schwerfällt, das alles zu akzeptieren. Andererseits kann ich euch, Ehrwürdige Mutter, nur meines allergrößten Respekts versichern. Ihr seid dem Herrn, dem ihr dient, eine würdige Vertreterin hier auf Erden. Darf ich denn noch auf etwas Irdisches zurückkommen und ein kleines Säckchen mit Silberlingen zum Wohle eures Hauses zurücklassen?"

„Ihr dürft." Die Oberin lächelte und streckte Tarnus als Zeichen, dass das Gespräch beendet sei, ihre Hand hin. Tarnus beugte das Knie und küsste den Ring. Dann wandte er sich zur Tür.

„Ein Wort noch, Meister Tarnus", hörte er. „Bleibt so, wie ihr seid. Ich werde euch heute Abend in mein Gebet einschließen."

„Danke", murmelte Tarnus.

Mit zwiespältigen Gefühlen verließ Tarnus das Kloster. Zeit war zwar gewonnen und diese Anna Elversberg befand sich im Kirchenasyl, doch handelte es sich um einen ungewissen

Schwebezustand. Wie würde die Äbtissin entscheiden? Tarnus überlegte. Wenn sich die Oberin Rat einholte, dann sollte er das auch tun. Am besten wäre es, er führe für einige Tage zu Hiltrud, die auf dem Gutshof weilte. Vielleicht konnte er Hans dafür einspannen.

V

Tarnus klopfte an die Tür des Hauses von Eike von Bensheim, Hans im Schlepptau. Tarnus hatte Hans von seinem Besanewer abgeholt. „Komm mit, Hans."

„Wohin?"

„Zum Haus von Eike von Bensheim. Vielleicht ist Justus Elferding, sein Schreiber, da. Dann könnten wir vielleicht einen Auftrag für dich festmachen."

„Wird doch sowieso nichts", hatte Hans gemault.

„Jetzt halt einfach die Klappe und schwing die Hufe. Eigentlich hatte ich etwas anderes vor."

Die Tür öffnete sich. Eine Magd steckte ihre Nase ins Freie. „Was gibt es?", fragte sie schnippisch.

„Tarnus heiße ich, Roberecht Erik Tarnus. Ich bin in einer geschäftlichen Angelegenheit hier und würde gerne mit Justus Elferding sprechen, dem Schreiber eures Herrn."

„Justus Elferding ist unterwegs", kam es zurück.

Tarnus überlegte, welche Worte er jetzt wählen sollte, doch da ertönte aus dem Hintergrund die Stimme des Eike von Bensheim. „Lass es gut sein, Gritta, und bringe Meister Tarnus in mein Kontor."

Missmutig öffnete die Magd die Tür. „Und der da?" Sie wies auf Hans.

Tarnus trat durch die Tür. „Der da kommt mit. Das ist der beste Schiffer elbab und elbauf, der beste für deinen Herrn."

„Na gut." Die Magd schloss die Tür hinter den beiden Männern.

„Tretet ein." Eike von Bensheim stand hinter seinem Schreibpult. „Schön, euch zu sehen, Meister Tarnus. Das meine ich ganz ehrlich. Ich bin euch sehr dankbar, dass ihr mir den Weg gewiesen habt, wieder schmerzfrei leben zu können."

Tarnus sah, dass das Rückgrat des Handelsherren nach wie vor nach vorne gebeugt war, doch seine ganze Haltung schien gelöster und entspannter als bei früheren Begegnungen. Auch das Gesicht wirkte ruhiger und wie von dem Zwang befreit, trotz ständiger Schmerzen das Tagesgeschäft bewältigen zu müssen. Doch was hatte er, Tarnus, eigentlich gemacht? Eigentlich nicht viel. Er hatte Hannes den Bader empfohlen und der Handelsherr hatte sich darauf eingelassen.

„Ihr habt einen Begleiter mitgebracht", stellte Eike von Bensheim fest.

„Das ist der Schiffer Hans", erklärte Tarnus.

„Hans Wolters", ergänzte Hans.

„Hans besitzt einen Ewer", erklärte Tarnus.

„Besanewer", fiel Hans ihm ins Wort.

Tarnus fuhr fort: „Eigentlich wollten wir das mit Justus dem Schreiber besprechen, doch ihr seid uns sozusagen zuvorgekommen."

Eike von Bensheim lächelte. „Ich denke, das können wir zunächst ohne Justus regeln. Ich hörte, sie beide hätten sich angefreundet und tauschten das brüderliche Du."

„So ist es, Herr von Bensheim", bestätigte Tarnus.

„Nun, als Handelsherr ist mir dergleichen verwehrt", meinte Eike von Bensheim. „Doch zurück zu dem Ewer: Im Augenblick ist es so, dass ich nicht genug Schiffe habe. Ich muss Frachtkapazitäten anmieten und die Frachtraten sind in der letzten Zeit deutlich gestiegen. Ein Ewer mehr, der zu vernünftigen Konditionen für mich fährt, ist mir natürlich willkommen."

„Besanewer", warf Hans ein.

„Nun, ein Besanewer kann auch nicht mehr laden als ein normaler Ewer. Dafür ist er schneller, so dass er mehr Frachten pro Zeiteinheit durchführen kann. Auf der anderen Seite muss

34

er von zwei Mann gesegelt werden. Das macht seinen Betrieb teurer."

„Ein Mann", mischte sich wieder Hans ein. „Mein Schiff steuere ich allein. Das macht mir so schnell keiner nach."

„In leerem Zustand oder auch voll beladen?", fragte Eike von Bensheim.

„Natürlich auch voll beladen." Hans warf sich in die Brust.

„Respekt, Respekt." Der Handelsherr nickte. „Das dürfte natürlich für die Kalkulation des Eigners von Vorteil sein."

„Mir gehört das Schiff", krähte Hans.

Tarnus griff ihm an den Arm. „Psst, Hans."

Hans blickte zu Eike von Bensheim. „Tarnus meint, ich wäre manchmal zu vorlaut."

„Tarnus hat gut für euch gesprochen", sagte der Angeredete. „Das ist für mich entscheidend. Und allein auf See dürften eure Sprechgewohnheiten kein Problem sein." Er schmunzelte, bevor er fortfuhr. „Ihr, Hans, unterhaltet euch mit Justus, meinem Schreiber. Ich gehe davon aus, dass dieser nach einer kleinen Stunde zurück ist. Ich bin mir sicher, dass wir eine gute und für beide Seiten gerechte Lösung finden werden. Ihr könnt so lange warten." Eike von Bensheim klatschte in die Hände. Gritta, die Magd, trat ein. „Bring diesen Schiffer in die Gesindestube und gib ihm einen Krug Bier."

Die Magd knickste. „Gern, Herr."

Eike von Bensheim sah auf sein Schreibpult. „So leid es mir tut, Meister Tarnus, ich muss euch jetzt entlassen, die Pflicht ruft."

„Selbstverständlich, Herr von Bensheim." Tarnus machte eine Verbeugung gegen Bensheim. Er wusste, dass dieser es ehrlich meinte. „Vielen Dank noch einmal."

VI

Tarnus lag in einem Stapel mit aufgerollten Tauen, die Knie über eine Seite des Stapels gelagert, den Po auf dem Deck und Rücken und Kopf gegen die andere Seite des Stapels gelehnt. So machte man es, wenn man sich ausruhen wollte, die Augen ab und zu geöffnet, in einer Art Dämmerschlaf. Er hatte Glück mit dem Ewer gehabt. Zum Ewerhafen hinunter und beim ersten Ewer nachgefragt: „Ist Frietz schon zurück?"

„Frietz ist noch Richtung Neuwerk, könnte ein längerer Törn werden", kam es vom Schiffer zurück. „Wohin soll es denn gehen?"

„Mündung der Krocker Aue"

„Das neue Schankhaus von Sören Willemsen erkunden?"

„Ach was", Tarnus lachte. „Ich will weiter Richtung Elmshorn." Im Augenblick wollte er auch keine Informationen über ein Schankhaus, er suchte einen Ewer, der möglichst bald ablegte.

„Frag mal bei Torben Pettersen an, ich meine, der will bald ablegen."

„Wo?", fragte Tarnus.

„Das Boot mit den blauen Seitenschwertern."

Tarnus ging zu dem besagten Ewer. Ein bärtiger Schiffer sicherte gerade sein Ladegut mit Tauen. „Richtung Elmshorn, Mündung der Krocker Aue?", fragte Tarnus.

„Gleich geht es los."

„Kann ich mit?"

Der Schiffer sah auf. „Tarnus?", fragte er ungläubig. „Was machst du denn hier, ich meine, was tut ihr, Meister Tarnus, denn hier?"

„Richtig, Roberecht Erik Tarnus", bestätigte dieser. „Ich muss dringend Richtung Elmshorn."

„Man sieht sich immer zwei Mal." Der Schiffer kratzte sich am Bart. „Ihr seid doch der Tarnus, der meinem entfernten Vetter, dem Gilbert Tetenhuis, so gut geholfen hat. Bei dieser Sache haben wir uns mal kurz gesehen."

Tarnus überlegte. „Stimmt. Dem Gilbert Tetenhuis seine Ersparnisse, alles Silberlinge. Die waren im Blumentopf und dann war der Blumentopf plötzlich weg."

„Und Meister Tarnus hat ihn wiederbeschafft." Torben Pettersen lachte. „Listig und erfolgreich. Kommt an Bord."

„Was bin ich schuldig?", fragte Tarnus.

„Ist schon recht, einen guten Späher fahre ich gratis und meinem Vetter werde ich berichten. Was für ein Zufall!"

„Schöne Grüße an euren Vetter", sagte Tarnus. Er blieb bei „eurem Vetter" und nicht bei „deinem Vetter". Manchmal war ein bisschen Distanz nicht schlecht.

„Wedel", hörte er. Tarnus schreckte auf. Er war wohl auf seinem Stapel mit Tauen fest eingeschlafen.

„In Wedel ein paar Fässer abladen. Dauert nicht lange. Dann geht es gleich weiter, Meister Tarnus."

Tarnus hörte in Torben Pettersens Stimme etwas, das außerhalb des Üblichen lag. War es Hochachtung, war es Respekt? In jedem Fall stellte sich Torben Pettersen mit Tarnus nicht auf die gleiche Stufe.

„Danke für den Hinweis", murmelte Tarnus höflich. Dann schloss er wieder die Augen.

„Krocker Aue", hörte er später. Er hob den Kopf. Der Ewer von Torben Pettersen näherte sich dem kleinen Hafen, besser gesagt Anleger, an der Mündung der Krocker Aue in die Elbe. Hier konnten Waren für Elmshorn umgeladen werden. Auch konnten geeignete Boote Richtung Elmshorn mit Pferden getreidelt werden. Das war hier anders als am Stecknitzkanal, der von Lauenburg aus die Elbe mit Lübeck verband. Dort wurde nur von Menschenhand getreidelt und die Verteilung der Frachten folgte festen Regeln. Hier ging es lässiger zu. Sören Willemsen bot schon seit längerer Zeit Pferde zum Treideln an. Er war hier der Einzige und man ließ ihn gewähren. Nein – man war einfach nur froh darüber, dass ein solcher Mann die Wasserstraße Richtung Elmshorn bediente. Sören Willemsen hatte die Zeichen der Zeit erkannt. Zusätzlich zu dem Geschäft mit Treidelpferden bot er, wie Hiltrud schon berichtet hatte, Transportmöglichkeiten zu Pferd oder per Fuhrwerk an. In der letzten Zeit war ein Schankhaus hinzugekommen, welches auch von durchziehenden Elbschiffern angelaufen wurde.

Tarnus entstieg dem Ewer und bedankte sich. „Grüße an Gilbert Tetenhuis", ergänzte er.

„Mach ich." Torben Pettersen tippte an seine Stirn.

„Wohin geht es weiter?", fragte Tarnus. Er wollte höflich sein.

„Ein bisschen weiter die Elbe hoch." Das klang ausweichend. Vielleicht war doch illegale Ware an Bord des Ewers.

„Viel Erfolg", wünschte Tarnus ganz neutral und winkte. Dann sah er sich um. Ein Reitpferd kam seit dem Überfall auf ihn nicht mehr in Frage und ein Pferdefuhrwerk nur für eine Person war wahrscheinlich zu teuer. Doch dann hörte er eine Stimme.

„Erik, willst du mit?"

Ein Pferdekarren stand da und auf dem Kutschbock saß ein Mann, den er schon mehrfach auf dem Gutshof gesehen hatte. An dessen Namen konnte er sich aber nicht sofort erinnern.

„Ja, gern." Tarnus kletterte auf den Kutschbock und setzte sich neben den Mann. „Finde ich nett, dass du mich mitnimmst."

„Keine Frage, der Sören Willemsen verlangt ja enorme Preise. Und jetzt noch das Schankhaus! Mal sehen, wann er hier ein Hurenhaus eröffnet." Ganz offensichtlich hatte Sören Willemsen nicht nur Freunde.

Merkwürdig: In Hamburg war er „Tarnus" oder „Roberecht Erik Tarnus", in der Umgebung von Gilg und auf dessen

Gutshof war er „Erik". Das hatte sich so ergeben und würde so bleiben. Wie Hiltrud ihn anredete, das war ihm egal, darauf achtete er nicht. Hauptsache war, dass er sie kannte und das Glück hatte, sein Leben an ihrer Seite verbringen zu dürfen.

Tarnus riss sich aus seinen Gedanken. Tommes hieß der Mann, der neben ihm auf dem Kutschbock saß! Tarnus blickte zur Seite, aber dieser Tommes hatte wohl sein Pulver mit den Ausführungen über Sören Willemsen verschossen und lenkte seinen Pferdekarren konzentriert auf dem kleinen holperigen Weg Richtung Elmshorn.

„An der nächsten Weggabelung lasse ich dich raus. Dann hast du nur noch ein paar Schritte bis zum Gutshof", hörte Tarnus nach einer Weile.

„Ist mir recht", antwortete er. Er wusste, diese paar Schritte entsprachen einem halbstündigen Marsch, aber das war schon in Ordnung. Dieser Tommes hatte ihm einiges Geld erspart.

„Brr." Tommes hielt den Karren an.

Tarnus kletterte vom Kutschbock. „Vielen Dank nochmals."

„Kein Problem." Tommes hob die Hand. „Wir müssen zusammenhalten. Ist doch besser, als diesem Sören Willemsen das Geld in den Rachen zu werfen. Dann mal Tschüss." Tommes ließ die Peitsche knallen.

Tarnus näherte sich dem Gutshof. Von Weitem sah er zwei Gestalten, die nebeneinander gingen und ab und zu anhielten. Tarnus ging näher und erkannte Hiltrud und Gertrud. Auch Hiltrud hatte ihn wohl erkannt, doch sie zeigte mit dem Arm nach hinten, so dass Gertrud sich umdrehte. Dann machte Hiltrud in Tarnus' Richtung eine abwehrende Geste. Klar, sie wollte nicht, dass das Gespräch durch Tarnus' Anwesenheit zur Unzeit gestört wurde. Tarnus verließ den Weg und lenkte seine Schritte in die Obstgärten, hier Kirsche, dort Apfel. Das war das Reich vom alten Petter, Hiltruds Vater. Ursprünglich war er von

Gilg als Verwalter des Gutshofs eingesetzt worden, doch das war nicht Petters Ding gewesen. Wenn es um Verwaltungsarbeiten ging, gab er sich lieber tüddelig. So lag die Verwaltung in den Händen von Hiltrud und Tarnus, wenn sie denn auf dem Gutshof anwesend waren. Von Gilg war keine große Hilfe zu erwarten, der hatte genug mit seinem Schankhaus auf dem Kattrepel zu tun. Ein neuer Verwalter war in Sicht – so hatte Gilg es zumindest angekündigt, doch wie sicher war es, wenn Gilg etwas ankündigte? Immerhin waren schon beträchtliche Flächen für Feldfrüchte mit Hiltruds Hilfe an den Nachbarn verpachtet worden. Das bedeutete deutliche Entlastung bei Bewirtschaftung und Vermarktung.

„Moin, Erik", hörte er. Tarnus schreckte auf. Er war wieder einmal in Gedanken gewesen.

„Moin, Petter", antwortete er.

Petter stand vor ihm, eine Astschere in der Hand. „Na, mal wieder auf dem Gutshof?", fragte er.

„Wie du siehst", gab Tarnus zurück.

„Stimmt, sehe ich." Petter nahm die Astschere in die andere Hand. „Bin gerade dabei, ein paar Kirschbäume auf den Stock zu setzen. Ist immer wichtig, dass sie nicht zu sehr in die Höhe wachsen, sonst kann man sie nicht vom Boden aus abernten."

„Weiß ich." Tarnus grinste.

„Warum grinst du, min Jung?"

„Du hast so eine nette Art, herzlich willkommen zu sagen."

„Tu ich doch." Petter schlug Tarnus auf die Schulter. „Aber nur wegen Hiltrud", fügte er hinzu.

Petter nahm Abstand. „Wo wird der Herr denn nächtigen? Wieder in der Hütte wie zuvor?"

„So war es eigentlich vorgesehen", gab Tarnus zurück.

„Dann komm mal mit." Petter legte die Astschere auf den Boden und führte Tarnus zum Standort der alten Hütte unweit des Gutshofs.

„Was ist das denn?", wunderte sich Tarnus. An Stelle der alten Hütte stand jetzt ein stabiles Gartenhaus mit Tür und Fenstern.
„Für dich ist es mir egal", meinte Petter. „Du wohnst ja immer in solchen Löchern. Aber nicht für meine Tochter. Die muss nicht in einer alten, baufälligen und windschiefen Hütte schlafen. Geh mal rein."
Tarnus betrat das Gartenhaus. „Was ist das denn? Da sind ja richtige Scheiben vor den Fenstern. Und da steht ja ein richtiges Bett."
„Ich finde, meine Tochter muss nicht auf einem Strohsack nächtigen."
„Und du hast dieses Haus gebaut?" Tarnus war die Angelegenheit peinlich.
Petter sah um sich. „Ich sehe sonst keinen anderen."
„Mensch, Petter." Tarnus war etwas betreten.
Petter ging nicht darauf ein und fuhr fort: „Hier kann ich ja alles selber machen, aber der Kattrepel ist weit, da kann ich nichts machen. Ich muss ja hier nach dem Hof schauen, wenn unsere beiden Turteltauben mal wieder ausgeflogen sind. Doch es scheint so, als ob sich auf dem Kattrepel ja auch etwas täte. Da ist doch ein Handwerker beauftragt – wie heißt er noch einmal?"
„Enno Focke", warf Tarnus ein.
„Hoffentlich macht er gute Arbeit."
„Ich glaube schon", meinte Tarnus, „er macht einen sehr guten Eindruck."
„Hast du dir schon einmal seine bisherigen Gewerke angesehen?"
„Hiltrud hat ihn engagiert", sagte Tarnus.

„Dann ist es ja gut."

„Sag mal, Petter, was sagt denn eigentlich Gilg zu diesem Gartenhaus?"

„Ach, Gilg!" Petter machte eine weite Gebärde mit dem Arm. „Gilg kann doch einen Schuppen oder eine Hütte nicht von einem Gartenhaus unterscheiden. Außerdem wertet es seinen Hof auf. Aber genug davon. Wirf dein Bündel aufs Bett und dann geh in die Küche. Minna wird dir eine Mahlzeit vorsetzen. Und ich muss mal wieder nach meiner Astschere sehen." Petter verschwand aus dem Gartenhaus.

„Danke, Petter, vielen Dank, Petter", rief Tarnus ihm nach, doch er war sich nicht sicher, ob Petter das noch gehört hatte.

Tarnus betrat die Küche des Gutshofs. Minna stand am Herd. Untersetzt und drall, eine Schürze umgebunden, handhabe sie die Töpfe, die auf dem Herd standen. Minna hatte Hiltrud als Herrin über Herd und die übrige Küche beerbt. „Tag, Minna", sagte Tarnus zur Begrüßung.

Minna wandte den Kopf. „Ach, du bist es, Erik. Hast du Hunger?"

„Wie ein Bär", meinte Tarnus. „Die Fahrt war lang und anstrengend."

„Wenn man zu seinem Täubchen fährt, ist jede Fahrt zu lang", kommentierte Minna.

„Ach, Minna. Bevor wir das erörtern, sag mir lieber, was es zu essen gibt."

„Es ist noch etwas von dem Kapaun da", sagte Minna. „Ein Flügel und ein Bollen. Hiltrud wollte, dass wir etwas aufheben für den Fall, dass der hohe Herr hier auftaucht. Nun, da ist er ja schon."

„Das hört sich gut an. Aber mach bitte keine Umstände. Ich nehme den Kapaun gern auf die Faust."

Minna stemmte die Hände in ihre Hüften. „Sind wir an einem Stehfress auf dem Kattrepel in Hamburg? Das hier ist ein Gutshof. Und da wird Kapaun mit schwarzer Soße und Pastinaken am Tisch gegessen."

„Tut mir leid, Minna", beschwichtigte Tarnus. „Ich wollte dich nicht kränken."

„Schon gut." Minnas Stimme klang versöhnlich. „Ich wärme eben alles auf. Ein Bier dazu?"

„Gern, Minna. Ich setze mich dann schon mal."

Minna füllte einen Krug mit Bier aus einer großen Kanne und stellte ihn vor Tarnus auf den Tisch. „Wohlsein."

„Danke." Tarnus trank einen Schluck. „Sehr gut. Wo kommt das Bier her?"

„Ein Elmshorner Brauhaus macht es. Hiltrud hat getauscht: Kirschen gegen Bier. Zunächst einmal. Später auch Kirschen gegen Obstbrand. Den machen die auch." Minna machte sich am Backofen zu schaffen und stellte wenig später einen Teller vor Tarnus hin. „Lass es dir schmecken."

„Das sieht gut aus." Tarnus nahm einen Bissen und staunte. „Ein richtiges Festessen."

„Sag ich doch. Und solch ein Essen wird nicht auf der Faust gegessen."

„Du hast ja recht, Minna."

„Wie schmeckt dir die schwarze Soße?"

„Sehr gut. Aber sie ist etwas anders als ich sie kenne."

„Ich gebe noch Liebstöckel hinein. Das macht den Geschmack noch runder. Dazu etwas Kirschsaft. Aber nicht zu viel. Damit schmeckt die schwarze Soße weicher."

„Wirklich gut", bestätigte Tarnus. „Aber warum solch ein Festessen?"

„Hiltrud sagte, sie hätte noch einen Kapaun bei Gilg gut. Warum, weiß ich nicht. Weißt du, Hühner, Gänse und Schweine stehen uns als Nahrung zu. Aber die Kapaune gehören Gilg allein. Und dann hat Petter einen von ihnen geschlachtet und gerupft und ich habe die Zubereitung übernommen …"

„Die dir wirklich gut gelungen ist", unterbrach Tarnus. „Sag mal, ist denn noch etwas Bier da?"

„Für einen, der meine Küche zu schätzen weiß, immer." Minna füllte Tarnus' Krug noch einmal.

Tarnus stand auf. „Wenn es recht ist, nehme ich den Krug mit. Ein paar Schlucke trinken und dann noch ein wenig dösen."

„Das Liebesnest schon mal anwärmen? Nun ja, keine schlechte Idee. Geh ruhig, ich koche dann mal weiter", sagte Minna nicht unfreundlich und ein feines Lächeln umspielte ihre Lippen.

„Danke, Minna." Tarnus nahm seinen Krug und ging zur Küchentür.

VII

„Schön." Hiltrud schmiegte sich an Tarnus.

Tarnus schloss seine Arme um sie und drückte sie. „Sehr schön." Er küsste ihre Wangen.

„Es ist schön, gemeinsam einzuschlafen und am Morgen wieder zusammen aufzuwachen."

„Hiltrud, das geht mir genauso. Aber sag mal, wie bist du darauf gekommen, bei deinem überstürzten Aufbruch aus Hamburg vor ein paar Tagen dieses durchsichtige Nachthemd mitzunehmen?"

„Ich war mir sicher, nein, besser gesagt, ich hatte gehofft, du würdest nachkommen und mich auf dem Gutshof besuchen."

„Aber überhaupt daran gedacht zu haben in dem ganzen Gebrassel …"

„Ich denke eben viel an dich", unterbrach Hiltrud.

„Das tue ich bei dir auch. Aber sag mal, haben wir die Tranlampe weiterbrennen lassen?"

„Du wolltest die Tranlampe brennen lassen, lieber Erik."

„Richtig, zunächst wollte ich dich in diesem Nachthemd sehen und dann auch ohne das Nachthemd. Beides hat mir übrigens sehr gefallen. Aber dann muss ich wohl eingeschlafen sein."

„Mir hat es auch gefallen." Hiltrud streichelte Tarnus' Brust.

„Kapaun mit schwarzer Soße macht eben sinnlich."

„Möglich. Aber Hiltrud ohne Kapaun auch."

Hiltrud zeigte ihre Grübchen. „Erik, du wirst anzüglich."

„Manchmal bin ich eben gerne anzüglich", gab Tarnus zurück.

Hiltrud setzte sich auf die Bettkante. „Auf dem Gutshof wird gleich gefrühstückt. Wir sollten dabei sein."

Tarnus setzte sich auf die andere Bettkante. „Wann ist gleich?"

„Ein bisschen Zeit haben wir noch." Hiltrud zog sich an. Dann kam sie um das Bett herum. „Nimm mich noch einmal in den Arm."

„Das tue ich gern", meinte Tarnus. „Ach Hiltrud, wie soll ich das finden? Hier der Gutshof, dort mein Laden auf dem Kattrepel. Meine Aufträge als Späher, deine Aufträge, die Entfernungen, die langen Fahrten …"

Hiltrud strich über Tarnus' Bart. „Doch wenn wir unterwegs und nicht beieinander sind, haben wir wenigstens etwas, auf das wir uns freuen können – das können nur wenige Menschen von sich sagen."

„Das hast du schön gesagt. Aber wenn wir schon beim Thema sind, was hast du aus Gertrud herausbekommen? Du hast etwas kurz skizziert, aber ich hatte nur Augen für dich."

„Und ich für dich. Du hast mir kurz von dieser Anna erzählt und davon, dass die Äbtissin, also nicht die Oberin des Klosters, sondern die Oberaufseherin, die letzte Entscheidung fällen soll, ob diese Anna zurück zu ihrem Ehemann gehen muss oder weiter im Klosterasyl leben darf."

Tarnus nickte. „Genau richtig."

„Ich gehe mal davon aus, dass du dich dann erkundigen willst, wie diese Entscheidung ausgefallen ist, und dafür in Hamburg sein willst, um, wenn möglich, etwas für diese Anna zu tun."

Tarnus nickte noch einmal. „Eigentlich hatte ich mir das so vorgestellt. Wie du das so auf den Punkt bringen kannst."

„Ich frage einfach, weil ich wissen will, wie lange du bleiben kannst."

Tarnus rechnete. „Ich denke, eine Woche ist möglich. Die Mutter Oberin sprach von zwölf Tagen, bis die Äbtissin käme, dann ziehe ich noch drei Tage als Puffer ab, wenn sie denn eher kommen sollte, also eine Woche ganz bestimmt."

„Wie schön." Hiltrud gab Tarnus einen Kuss auf die Wange. „Egal, was ist, einfach nur eine ganze Woche gemeinsam zu verbringen, was auch immer zu tun oder zu besprechen ist, das sind doch erfreuliche Aussichten. Aber jetzt lass uns zum Frühstück gehen. Ich möchte nicht, dass wir uns ausgrenzen. Petter, mein Vater, hat dieses Gartenhaus gebaut, Minna hat einen Esser mehr am Tisch und Gertrud wird mich auch schon vermissen."

„Das war es ja, was ich wissen wollte", sagte Tarnus und strich Hiltrud über das Haar. „Was genau hast du von Gertrud erfahren?"

„Einiges, aber nicht alles. Erik, ich berichte dir nach dem Frühstück. Auch ich habe noch eine kurze Frage: Erik, hast du diese Anna einmal persönlich kennengelernt? Sie scheint mir sehr verzweifelt, aber auch tapfer zu sein, wenn sie sich von ihrem Mann trennt und mit der Tochter durch Hamburg irrt."

Tarnus schüttelte den Kopf. „Ich weiß nur, wie sie vom Wirt der Garküche beschrieben wurde: mager, verhärmt und scheu." Er nahm Hiltruds Hand. „Dagegen haben wir beide das Paradies auf Erden."

„Ach, hier steckst du." Hiltrud betrat das Gartenhaus.

„Ich habe mich noch einmal kurz hingelegt. Ein wenig dösen, besser gesagt, nutzlos herumliegen. Eigentlich wollte ich Petter dabei helfen, noch einige Obstbäume auf den Stock zu setzen, doch nach kurzer Zeit meinte er, die Astschere wäre nicht das geeignete Werkzeug für mich. ‚Spähen wirst du können', sagte er, ‚aber als Obstbauer hast du noch Luft nach oben. Hilf lieber der Hiltrud beim Verwalten.'"

Hiltrud lachte. „Mein Vater ist ein fürsorglicher Mensch. Und er mag dich. Er will eben nicht, dass dir etwas passiert. Wie fandest du übrigens das Frühstück?"

„Minna hat sich viel Mühe gemacht. Der Brei war gut und dazu noch zweierlei Honig, wirklich lecker. Ich habe es ihr auch gesagt und sie hat sich über das Lob gefreut. Aber an deinen

Brei mit Emmer und Einkorn kommt Minnas Brei natürlich nicht heran."

„Na ja", sagte Hiltrud, „so etwas kann man in Hamburg auf dem Markt bekommen, hier auf dem Land gibt es eben nur Gerste und Hafer. Aber wir reden über Astschere und Frühstück – Erik, bei Gertrud komme ich nicht weiter!"

„Was hat sie dir erzählt?" Tarnus legte die Stirn in Falten und versuchte, sich zu konzentrieren.

„Das eine ist, dass sie die Zeiten ihres ersten Blutes erlebt hat und ich ihr erklärt habe, dass sie das jeden Mond erleben wird."

„Wie hat sie es aufgenommen?"

„Mit Unsicherheit. So, wie wahrscheinlich jedes Mädchen eine solche Situation erlebt, aber nicht verängstigt oder verzweifelt. Und da war noch etwas mit ihrem Ziehvater."

„Gilg?", fragte Tarnus.

„Ja, natürlich, Gilg. Sie kommt nicht damit klar, dass Gilg ein solches Haus wie den Reeperdaddel führt. Sie findet es nicht gut, dass Gilg sein Geld mit einer Schänke und dazu noch einem Hurenhaus verdient. Andererseits ist ihr klar, dass man auch Geld benötigt, um sich einen Gutshof wie diesen hier leisten zu können. In dieser Hinsicht ist sie sehr vernünftig."

„Aber das ist nicht alles?"

„Nein", erwiderte Hiltrud. „Da ist noch etwas anderes. Irgendwie scheint das mit Tante Hannelorchen zusammenzuhängen. Doch immer, wenn ich sie auf Tante Hannelorchen anspreche, macht sie zu. Dann ist kein Wort aus ihr herauszubringen. Auch wenn ich indirekt frage, dann wirkt sie verstört."

„Wahrscheinlich kann sie ein bestimmtes Gefühl nicht in die richtigen Worte fassen. So etwas gibt es. Es ist nichts passiert, es ist nicht konkret, dafür findet man keine Worte, besonders nicht als junger Mensch. Und dazu kommt noch: Es gibt Menschen, die sind hellsichtig, die ahnen etwas, längst bevor es passiert."

48

Hiltrud schwieg eine Weile. Dann sagte sie: „Erik, das hast du schön gesagt."

Tarnus erhob sich vom Bett. „Wie heißt das Dorf, in dem dieses Tantchen wohnt?"

Hiltrud nannte einen Namen, doch sie fügte hinzu: „Hier heißt es nur das Dorf."

„Wie weit ist das Dorf entfernt?"

„Es ist nicht weit. Über die Felder vielleicht eine kleine hamburgische Meile. "

„Dann mal auf", sagte Tarnus, „machen wir einen kleinen Spaziergang."

„Was genau willst du tun?"

„Ganz einfach – im Dorf mal nachsehen. Und wenn nötig, mit Nachdruck."

Die beiden verließen das Gartenhaus. „Wo lang?", fragte Tarnus.

„Durch die Kirschen, dann kommt ein kleiner Weg."

Tarnus blieb stehen. „Sag mal, Hiltrud, gibt es hier auf dem Gutshof vielleicht Kleidungsstücke, die nach etwas aussehen?"

„Lass uns in Gilgs Zimmer nachschauen. Im Schrank könnten sich noch Anziehsachen vom alten Abraham finden. So wie ich Gilg kenne, dürfte er ihn noch nicht ausgeräumt haben."

„Wer ist Abraham?", wollte Tarnus wissen.

„Der verstorbene Vorbesitzer des Gutshofs. Er hatte auch einen richtigen Namen, aber überall hieß er nur der alte Abraham."

Hiltrud kramte im Schrank. „Erik, was suchst du genau?"

„Irgendwas, mit dem man einen feinen Pinkel geben kann. Vielleicht eine Ausgehjacke."

„Was ist mit diesem Umhang?" Hiltrud hielt einen Umhang vor Tarnus. „Dürfte passen."

„Mal sehen." Tarnus legte den Umhang an. „Wie angegossen."

„Wirkt vornehm, aber nicht protzig", ergänzte Hiltrud. „Doch da habe ich noch mehr im Schrank gesehen. Sieh mal hier, ein Hut."

„Ein Sonntagshut mit breiter Krempe. Nein, Hiltrud, der steht mir doch gar nicht."

„Nimm ihn trotzdem. Der steht dir doch gut. Außerdem passt er perfekt zu dem Umhang."

„Ich weiß nicht, Hiltrud."

„Lass den Hut auf und setz dich in Bewegung, Roberecht Erik Tarnus. Der Tag ist nicht unendlich lang."

„Wie du meinst." Tarnus folgte Hiltrud die Treppe herunter und dann durch die große Haustür.

„Da vorn zweigt der Weg nach links ab Richtung Elmshorn. Wir halten uns aber rechts und gehen an dem Waldstück da vorn entlang." Hiltrud wies in die entsprechende Richtung. „Wir sind auch gleich da. Was genau hast du denn jetzt vor?"

„Tante Hannelorchen wird abgeschirmt, hörte ich. Da müssen wir nachsehen, wer das tut und warum er das tut. Für mich gab es zwei Möglichkeiten: Entweder durch das Dorf zu schleichen und hier und dort zu spähen oder gleich den Weg zu Tante Hannelorchen zu suchen. Resolut auftreten und irgendwie Zugang zu ihr bekommen."

„Und wozu diese Kleidung, diese feinen Sachen?"

„Das weiß ich nicht genau. Mal sehen, was mir einfällt. Es kann ins Auge gehen, aber ein feiner Pinkel kann schon kraft seiner Kleidung eine gewisse Autorität ausstrahlen. Wie genau kennst du das übrigens das Tantchen? Du hast sie doch Gilg als Lehrerin für Gertrud empfohlen."

„Ich hatte von ihr gehört. Da gäbe es im Dorf eine weise Frau, die lesen, schreiben und rechnen könne, sich auf die Heilige Schrift verstünde und sich eines untadeligen Rufs erfreue. Und dann fragte ich Gilg und stellte den Kontakt mit Gertrud her.

Mit dem Dorf hier haben wir auf dem Gutshof eigentlich keine Berührungspunkte, die Geschäftsbeziehungen laufen in andere Himmelsrichtungen. Im Dorf wohnen Kleinbauern und Lohnarbeiter. Im nahegelegenen See fischt ein Fischer. Sonst ist hier nichts los."

„Mir fällt noch etwas Wichtiges ein, Hiltrud. Fast hätte ich es vergessen. Wie heißt das Tantchen mit Vor- und Zunamen?" Hiltrud überlegte. „Ditzen, Hannelore Ditzen."

Die ersten Häuser und Hütten des Dorfes kamen in Sicht. „Na, ob die Idee mit dem feinen Pinkel so eine gute Idee war?", brummte Tarnus. „Hiltrud, sollen wir umkehren, bevor uns jemand sieht?"

„Gerade wirktest du noch sehr entschlossen. Wir müssen da jetzt durch", sagte Hiltrud und blieb stehen. „Einfallsreichtum und Schlagfertigkeit sind jetzt gefragt. Außerdem – wenn du nicht mehr weiterweißt, hast du ja auch noch mich. Aber ich gebe dir recht, der erste Eindruck von diesem Dorf ist für einen Städter aus Hamburg nicht der beste. Doch viele Dörfer hier in der Gegend sehen so aus." Hiltrud setzte sich wieder in Marsch. „Dann mal los."

„Dann mal los", wiederholte Tarnus.

„Da ist das Haus von Tante Hannelorchen." Hiltrud wies auf ein kleines Haus, welches schon in die Jahre gekommen, aber noch sauber und ordentlich anzusehen war. „Der Garten müsste mal wieder gepflegt werden."

„Stimmt", pflichtete Tarnus bei. „Doch eigentlich sieht er noch ganz ordentlich aus. Wie lang ist es her, dass das Tantchen nicht mehr unterrichtet hat?"

„Zwei Monde vielleicht, vielleicht weniger, vielleicht mehr."

„Das passt, so sieht der Garten aus. Eigentlich ist er gepflegt, da ist Ordnung drin, aber jetzt fängt das Unkraut an zu sprießen.

Was ist mit dem Nachbarhaus? Das ist nicht mehr im besten Zustand, aber der Anstrich ist neu und der Garten sieht so aus, als ob er in der letzten Zeit ordentlich bearbeitet worden ist. Wird wohl mal zu einem Bauerngarten wachsen. Schön, da hinten die Kornblumen und der Mohn. Hiltrud, weißt du, wer da wohnt?"

„Keine Ahnung", sagte Hiltrud, „das ist entweder neu oder ich habe es vorher nicht bemerkt."

„Ich gehe mal zur Tür." Tarnus klopfte an die Tür. Es tat sich nichts. Tarnus klopfte erneut, länger und energischer. „Muhme Ditzen, Hannelore Ditzen", rief er.

„Nichts", bemerkte Hiltrud. „Lass es mich noch einmal versuchen: Tante Hannelorchen", rief sie, „Tante Hanne-lorchen, es ist wichtig." Nichts tat sich. „Erik, was jetzt?" Hiltrud drehte sich um, doch Tarnus war verschwunden.

„Hiltrud, komm mal", hörte sie dann.

„Wo bist du?"

„Hinter dem Haus."

Hiltrud folgte dem Ruf. Sie sah Tarnus auf der Rückseite des Hauses in ein Fenster spähen. „Da liegt das Tantchen auf ihrem Lager. Aber sie scheint zu schlummern."

„Was ist das für ein Lärm?" Im Nachbarhaus wurde die Tür geöffnet. Eine Nonne trat heraus.

„Was ist das denn?", murmelte Hiltrud. „Erik, den Orden kenne ich nicht. Und was hat die Nonne überhaupt hier zu suchen?" Die geistliche Dame ging auf Hiltrud und Tarnus zu. „Unsere Schwester Hannelore ist krank und bedarf der Ruhe. Wir haben die Pflege übernommen, doch die Krankheit ist schwer und hat einen ungewissen Ausgang."

„Es tut uns leid, Ehrwürdige Schwester", begann Tarnus, „dass wir zur Unzeit hier eingetroffen sind. Wir wussten natürlich nichts von dem Zustand dieser Frau. Aber in diesem Fall ist es wichtig und dringend. Wir müssten unbedingt bei dieser Frau vorsprechen."

„Auf keinen Fall." Die Nonne machte mit beiden Händen abwehrende Gesten.

„Nun, da muss ich wohl etwas weiter ausholen", sagte Tarnus. „Ich darf mich kurz vorstellen: Ich heiße Justus Elferding und bin der Schreiber des reichen Handelsherrn Eike von Bensheim aus Hamburg. Und meine Begleitung heißt Hiltrud und ist Magd auf dem Gutshof da hinten. Sie hat mir den Weg gewiesen."

„Und was hat das mit der Krankheit unserer lieben Schwester Hannelore zu tun?", fragte die Nonne spitz zurück.

„Ganz einfach. Mein Herr, der besagte Handelsherr, ist dabei, sein Haus zu bestellen. Und da erinnerte er sich seiner alten Muhme, der besagten Hannelore Ditzen. Er will ihr ein Legat zukommen lassen, im Übrigen eine nicht unbeträchtliche Anzahl an Silberlingen."

„Ich könnte ihr die Silberlinge geben", schlug die Nonne vor.

„Nein, das geht nicht." Tarnus wehrte ab. „Ich bin nicht befugt, das Geld an Dritte auszuhändigen. Ich kann es ihr nur persönlich übergeben. Andererseits ist das, was ich tun muss, eine Amtshandlung. Wenn die betreffende Person nicht testierfähig sein sollte, also den Empfang des Geldes nicht quittieren kann, so muss ich das dokumentieren."

„Aber ich kann euch nicht zu Hannelorchen lassen, sie ist krank."

„Wie ich schon sagte", führte Tarnus weiter aus, „es geht hier um eine Amtshandlung, Wenn ich diese nicht vollziehen kann, müsste ich zur Not den Fall an den Büttel des Kirchspiels Elmshorn abgeben. Ich ersuche euch, Ehrwürdige Schwester, also noch einmal, uns einen kurzen Besuch bei der bedauerlich erkrankten Hannelore Ditzen zu ermöglichen."

„Ich weiß nicht", sagte die Nonne.

„Ganz kurz nur und ohne jede Störung, nur ein ganz diskreter Blick."

Die Augen der Nonne flackerten. „Na gut, aber nur ganz kurz." Sie öffnete die Haustür und ließ Hiltrud und Tarnus herein. Tante Hannelorchen lag auf ihrem Lager. Sie atmete leicht und auf ihrem Gesicht lag ein ruhiger, fast heiterer Zug.

„Muhme Hannelore", redete Tarnus sie an, „Frau Ditzen", doch die Nonne legte ihren Finger auf die Lippen. „Psst", flüsterte sie. „Ihr stört ihren Schlaf."

„Ist sie denn nicht erweckbar?" Tarnus sprach mit gedämpfter Stimme.

Die Nonne schüttelte den Kopf.

„Hm." Tarnus legte seine Stirn in Falten. „Da ist dann wohl nichts zu machen. In diesem Zustand ist sie nicht testierfähig. Doch sagt, ehrwürdige Schwester, an welcher Krankheit leidet diese Frau?"

„Gehen wir in die Küche, da stören wir Tante Hannelorchen nicht." Hiltruds Stimme kam aus einem Nebenraum.

„Eine gute Idee." Tarnus betrat die Küche, die Nonne folgte ihm und schloss die Tür hinter sich.

„Ihr habt es ja selbst gesehen, der lethargische Schlaf hat unsere Schwester überkommen."

„Ich nehme mal an, Ehrwürdige Schwester, dass ihr in den Dingen des Heilwesens kundig seid."

„Das kann man wohl sagen. Und wir tun, was wir können. Wir reiben sie mit roborierenden Essenzen ein und flößen ihr ein bestimmtes Tonikum ein. Aber es ist sehr schwer, ja fast unmöglich, diesem Leiden beizukommen."

„Schade, leider sehr schade." Tarnus zog die Achseln hoch. „Dann muss ich unverrichteter Dinge wieder ziehen."

„Schade ist es auch für unsere Gertrud", mischte sich jetzt Hiltrud ein. „Tante Hannelorchen wollte das Kind doch lehren, wie man schreibt und rechnet."

„Ja, aber das haben wir doch mit dem jungen Mägdelein abgesprochen. Eine der Unsrigen wollte das doch übernehmen und sie lehren, wie man schreibt und rechnet und, vor allem, wie man in der Heiligen Schrift liest."

„Das wusste ich gar nicht." Hiltrud war erstaunt.

„Doch, sicher. Wir haben dieses Kind angesprochen und ihm das besagte Angebot gemacht."

„Wie auch immer." Tarnus sprach gewichtig. „Du, Hiltrud, wirst mit dem Kind sprechen und noch einmal auf das Angebot zurückkommen. Ich meine, das hört sich doch sehr gut an. Und wir werden uns jetzt auf den Rückweg machen. Leider war die Sache mit dem Legat nicht erfolgreich. Sehr bedauerlich. Doch eine letzte Frage erlaubt mir noch, Ehrwürdige Schwester. Welchem Orden gehört ihr an?"

Die Nonne bekreuzigte sich. „Wir stehen in der Nachfolge der Mechthild von Magdeburg. Aus ihrem Werk ‚Das fließende Licht der Gottheit' ziehen wir die Kraft für unseren Glauben. Und wenn euch unser Gewand fremd anmutet – in der Tat, Kukulle und Zingulum in dieser Art werdet ihr nicht oft sehen. Wir sind eine kleine Gemeinschaft. Aber wir arbeiten mit Demut und Geduld daran, Mechthilds Werk zu verbreiten."

„Das habt ihr schön gesagt." Tarnus wollte das Gespräch zum Ende bringen. „Dann belasse ich Hannelore Ditzen in eurer Pflege. Gebe Gott, dass sie wieder auf die Beine kommt." Tarnus zog seinen Säckel hervor, zählte einige Münzen ab und reichte sie der Nonne. „Drei Silberlinge. Mein Beitrag für die Pflege. Es ist zwar nicht mit meinem Auftraggeber abgesprochen, aber ich denke, redlich zu handeln."

Die Nonne wirkte erfreut. „Sehr großzügig. Gott sei es gedankt."

Hiltrud und Tarnus verabschiedeten sich. Bald hatten sie das Dorf hinter sich gelassen. Hiltrud blieb stehen und drehte sich um. „Außer Sichtweite, das ist gut. Erik, gib mir mal ein Blatt von dem Beinwell."

Tarnus bückte sich, riss das Blatt ab. „Was willst du mit dem Blatt?"

Hiltrud öffnete die Hand. In der Hand befand sich ein Klumpen einer gelblichen Masse. Sie hielt sie Tarnus unter die Nase. „Sieht aus wie Honig, riecht aber nicht danach."

„Wo kommt das denn her?"

„Aus der Küche von Tante Hannelorchen. Da stand ein Glas. Ich habe etwas davon herausgenommen und bis jetzt in der Hand getragen. Halt mal das Beinwell-Blatt fest." Hiltrud strich die Masse auf das Blatt, dann rollte sie es zusammen. Ihre Hand säuberte sie mit Gras. „Ablecken will ich das nicht. Wer weiß, was das ist."

„Merkwürdig. Darauf kann ich mir keinen Reim machen. Sieht aus wie Honig, riecht aber nicht danach. Hiltrud, das gefällt mir nicht. Wären wir in Hamburg, würde ich Hannes den Bader aufsuchen."

„Erik, hast du schon mal von Mechthild von Magdeburg gehört?"

„Nein, aber darüber würde ich auch mit Hannes sprechen. Der weiß ja fast alles."

„Meinst du, es war leichtsinnig, das Gespräch auf Gertrud kommen zu lassen?"

„Nein." Tarnus schüttelte den Kopf. „Die Nonne wusste ja darüber Bescheid. Aber du müsstest mir mal erklären, was Kukulle und Zingulum bedeutet."

„Kukulle ist das glockenartige Gewand einer Nonne und Zingulum ist die Kordel. Steht für Armut, Demut und Keuschheit."

„Danke", sagte Tarnus.

Schweigend gingen die beiden weiter, bis sie den Gutshof erreichten.

VIII

„Schau mal, da ist Gertrud", rief Hiltrud.

„Wo?" Tarnus schreckte aus Gedanken auf.

„Da hinten, in dem umzäunten Areal des Gutshofs. Sie hat ihr kleines Pferd gesattelt und reitet darauf." Hiltrud winkte dem Mädchen zu und dieses winkte zurück. Hiltrud und Tarnus gingen näher. Am Zaun blieben sie stehen.

Gertrud rief: „Eine Runde mache ich noch." In schlankem Trab vollzog sie die Runde, wechselte in den Schritt und kam auf Hiltrud und Tarnus zu.

„Schön geritten", sagte Hiltrud. „Bist du schon fertig?"

„Genug geritten", antwortete Gertrud und glitt vom Pferd. „Ich würde gern noch länger reiten, aber es ist anstrengend."

„Hat das Pferd auch einen Namen?", fragte Tarnus.

„Grisella", antwortete Gertrud und kramte in einer Tasche. „Ach, hier ist es." Sie brachte eine Möhre hervor und ließ das Pferd knabbern.

„Hast du ihm diesen Namen gegeben?", fragte Tarnus.

„Nein, den hatte sie schon, als ich sie kennenlernte. Erik, das ist eine Stute."

„Tut mir leid", sagte Tarnus, „hätte ich erkennen müssen."

„Willst du auch mal reiten?" Gertrud sah Tarnus an, ernst, aber nicht unfreundlich.

„Nein, das geht nicht."

„Magst du keine Pferde?"

„Doch schon, aber es geht wirklich nicht. Ich hatte mal einen Unfall."

„Schlimm?"

„Ziemlich. Aber jetzt ist wieder alles gut." Tarnus winkte ab.

„Was ist passiert?", wollte Gertrud wissen.

„Gertrud", mischte sich jetzt Hiltrud ein, „vielleicht will Erik nicht darüber sprechen."

„Ach, lass sie." Tarnus winkte wieder ab. „Ich möchte Gertrud nicht mit Einzelheiten belasten."

„Was ist passiert?", wiederholte Gertrud mit Nachdruck.

„Jemand hat mir etwas über die Rübe gezogen."

„Was denn?"

„Eine Kugel, die an einem Seil befestigt war."

„Hast du dich gewehrt?"

„Ich wollte es", sagte Tarnus, „aber der andere war stärker als ich. Außerdem war er viel jünger. Ich konnte nichts machen."

„Warst du ohnmächtig?"

„Ja. Aber Menschen haben mich gefunden. Sie haben mich in Sicherheit gebracht und gut gepflegt. Und jetzt bin so weit, dass ich wieder fast alles machen kann – nur das Reiten geht eben nicht mehr."

„Was ist aus dem Bösewicht geworden?"

„Gertrud, ich will, dass du heute Nacht ruhig schlafen kannst."

„Was ist aus dem Bösewicht geworden? Nun sag's mir schon."

„Na gut. Ich erzähle es: Er ist weggelaufen. Weil Leute hinter ihm her waren, musste er ziemlich schnell laufen. Aber der Boden war gefroren. In einer Kurve ist er ausgerutscht und ins Fleet gefallen."

„Hat man ihn verhaftet und in den Kerker geworfen?"

„Nein, er hat sich aufgespießt an Eisenstäben."

„Dann war er also tot?"

„Ja, das war er."

Gertrud schwieg eine Weile. „Ich finde es gut, dass er tot ist. Er wollte dich töten und jetzt ist er selber tot. Er war böse."

„Gertrud", mahnte Hiltrud, „musst du nicht noch Grisella absatteln und abreiben?"

„Gleich", antwortete Gertrud. Und zu Tarnus gewandt: „Du bist nicht böse. Du bist ein guter Mensch. Und du liebst Hiltrud."

„Von ganzem Herzen", sagte Tarnus.

„Und Hiltrud liebt dich", stellte Gertrud fest. „Gute Menschen kann ich erkennen und böse auch. Die kann ich auf die Entfernung sehen."

„Gertrud", mahnte Hiltrud erneut. „Deine Grisella muss abgesattelt und abgerieben werden, Sattel und Zaumzeug müssen in die Sattelkammer und das Pferd braucht Heu und Hafer. Außerdem wolltest du, dass ich dir noch die Haare wasche."

„Ja, mache ich." Gertrud zog ab, ihr kleines Pferd am langen Arm.

„Erik, ich wollte nicht, dass du wieder von deinem Unfall berichten musstest. Ich habe lange miterlebt, wie du von Alpträumen geplagt wurdest. Ob es für Gertrud gut war, weiß ich auch nicht."

„Mit Gertrud – das wird man sehen. Mich belastet es nicht mehr übermäßig", meinte Tarnus. „Ich hatte auch nicht den Eindruck, dass Gertrud fundamental erschüttert war. Sie hat einfach immer weiter nachgebohrt. Merkwürdig – in der einen Sache, über die sie nicht spricht, ist sie extrem schreckhaft, in der anderen Sache, nämlich der meinen, fragt sie beharrlich nach. Sag mal, Hiltrud, ihr hat doch nicht jemand Leides getan? Du weißt, was ich meine."

„Das kann man ausschließen", sagte Hiltrud.

„Da bist du dir sicher?"

„Ganz sicher", antwortete Hiltrud. „Ich glaube, bei Gertrud ist es das Fremde, das Unbekannte. Wenn von dort Gefahr lauert, kann sie nicht damit umgehen. Wenn es vorbereitet ist, wie in deinem Fall, und nicht überraschend kommt, dann kann sie es besser einordnen und ganz vernünftig damit umgehen."

„Wiebke, jetzt ehrbare Ehefrau eines Schiemannsmaats, Mutter zweier Kinder und Hausbesitzerin, hatte, als sie noch Jungmagd in meinem Hause war, nicht selten Gesichter."

„Gesichter, so kann man das auch nennen, Erik."

„Egal, wie wir es nennen, Hiltrud, wir sind uns mit unserer Einschätzung einig." Tarnus rieb seine Nase an der von Hiltrud. „Könnte es sein, dass es in diesem Gutshof noch etwas zum Essen gibt? Im meine, wir sind ja fast den ganzen Tag unterwegs gewesen …"

„Minna wird etwas warmgestellt haben. Das weiß ich. Das hatten wir besprochen. Aber was es ist und wie viel es ist, weiß ich nicht. Geh doch einfach in die Küche und hol dir eine Zwischenmahlzeit und einen Krug Bier. Wenn ich Gertrud die Haare gewaschen habe, können wir dann gemeinsam etwas essen."

„Danke fürs Frühstück." Petter stand auf. Er legte seine Hand auf Tarnus' Schulter. „Dann komm mal mit. Ich habe schon alles vorbereitet."

„Was denn?" Tarnus war erstaunt.

„Was siehst du denn da hinten am Fenster? Eine Schale mit Rasierzeug. Zieh dir einfach einen Stuhl dorthin, da ist das beste Licht."

„Scheint wohl nötig zu sein." Tarnus strich sich über das Gesicht. Ist das deine Idee?"

„Nein, Hiltrud hat mich darum gebeten."

Tarnus stand auf. „Danke, Minna."

„Schon gut", kam es zurück.

„Der helle Honig – was war das?"

„Frühjahrsblüte." Minna sammelte die Schälchen ein.

Tarnus nahm einen Stuhl und folgte Petter. „Hiltrud hat mir gar nichts davon gesagt, dass ihr über eine Rasur gesprochen habt."

„Denk ich mir. Wenn ihr beiden zu zweit im Gartenhaus seid, werdet ihr wohl nicht über das Rasieren sprechen. Nun setz dich schon. Ich habe alles vorbereitet: Seife, Rasierpinsel und ein Tuch zum Abwischen. Die Klinge habe ich gerade noch abgezogen."

Tarnus stellte seinen Stuhl ab. „Vorher noch eine Frage: Hast du …?"

„Ob ich schon mal rasiert habe, ob ich Erfahrung darin habe?", unterbrach Petter. „Die habe ich. Außerdem – wer einen Kapaun oder ein Schwein schlachten und verwursten kann, der kann auch rasieren. Nun lege schon den Kopf in den Nacken."

„Dann mal los." Tarnus tat, wie ihm geheißen.

„Fertig." Petter legte das Rasiermesser in die Schale. „Das Gesicht kannst du selbst abwischen." Er reichte Tarnus ein Tuch. „Hat doch alles gut geklappt." Petter dämpfte seine Stimme. „Glaubst du wirklich, ich würde dem Liebsten meiner Tochter die Schlagadern durchtrennen? So gelöst habe ich sie schon lange nicht mehr erlebt."

„Danke, Petter." Tarnus wischte sich das Gesicht ab.

„Hiltrud", rief Petter. „Komm mal."

„Sofort." Hiltrud, die in ein Gespräch mit Minna vertieft war, kam zu den beiden Männern.

„Zu deiner Zufriedenheit?", fragte Petter und wies auf Tarnus' Gesicht.

Hiltrud beugte sich prüfend vor. „Alles gut." Sie stutzte. „Nein, doch nicht. Hier sprießt noch ein Haar. Aber dafür brauchen wir keine Rasiersachen."

„Au", rief Tarnus. „Du hast mir ein Haar ausgerissen."

„Hier ist es." Hiltrud zeigte Tarnus ein Haar zwischen ihren Fingern.

„Darf ich noch einmal auf euren gestrigen Ausflug zurückkommen?", fragte Petter, jetzt wieder mit gedämpfter

Stimme. „Erik, Hiltrud hat mir gesagt, dass du diesen Nonnen drei Silberlinge für die Pflege der Tante gegeben hast. Das war sehr großzügig, aber was hast du damit bezweckt?"

„Einerseits wollte ich die Pflege von Tante Hannelore sicherstellen", antwortete Tarnus. „So, wie wir das Tantchen gesehen haben, braucht es Pflege. Und die können diese Nonnen gut leisten. Darauf verstehen sie sich. Andererseits – die ganze Situation kam uns beiden komisch oder merkwürdig vor. Welches Wort man auch immer verwendet, da könnte auch etwas ganz anderes dahinterstecken. Wenn die Nonnen irgendetwas im Schilde führen, sollten sie sich in Sicherheit wiegen und nicht denken, dass wir sie beobachten."

„Dazu habe ich mir auch Gedanken gemacht", meinte Petter. „Ich denke, ich sollte da auch einmal im Dorf vorbeigehen."

„Wie willst du das machen?", wollte Hiltrud wissen.

„In der verschmutzten Kleidung eines Landarbeiters, der seine Löhnung erhalten hat, sie in etwas Trinkbares umgesetzt hat und mit einer Flasche Schnaps durch die Gegend zieht. Da sieht keiner näher hin, wenn der sich mal an seiner Flasche bedient oder an einen Zaun pinkelt. Da sieht jeder angewidert weg."

„Wann willst du das machen?", fragte Hiltrud.

„So bald wie ich hier wegkomme. Ich muss noch einige Obstbäume beschneiden und dann kann es losgehen."

„Kannst du auf die Obstbäume verzichten? Ein bisschen mulmig ist mir schon bei diesen Nonnen." Hiltrud seufzte. „Ich weiß eigentlich nicht, warum, aber mein Gefühl sagt mir, dass da etwas nicht stimmt."

„Übrigens, ich habe mir diese klebrige Masse noch einmal angesehen, die ihr von Hannelore mitgebracht habt", sagte jetzt Petter.

„Und?" Hiltrud blickte ihn an.

„Das Klebrige kommt vom Honig. Da ist viel Honig drin. Aber der Geruch kommt von der Melisse. Das fruchtige Aroma der Melisse überdeckt den Honig."

„Welche Wirkung hat die Melisse?", fragte Tarnus.

„Kräftigend, beruhigend, wirkt auch gegen Krämpfe", antwortete Hiltrud.

„Und eine solche Speise sättigt natürlich", meinte Tarnus. „Wenn das Tantchen so viel schläft, könnte man ihm in wachen Augenblicken etwas davon einflößen."

„Könnte." Hiltrud wiegte ihren Kopf. „Erik, ich weiß nicht."

Pferdegetrappel war zu hören. Petter streckte sich und sah aus dem Fenster. „Der Herr Gutsbesitzer höchstpersönlich. Hiltrud, ich glaube, ich verschiebe meinen Marsch in das Dorf auf morgen."

„Na gut." Hiltrud war einverstanden. „Aber was will Gilg denn heute schon hier? Ich meine, er hat sich doch erst für die nächste Woche angekündigt."

„Ach, hier seid ihr ja." Gilg stand in der Küche. „War das eine Fahrt! In dem Ewer mit Frietz von Hamburg bis zur Mündung der Krocker Aue. Und dann zweispännig mit einem Fuhrwerk bis hier hin. Sören Willemsen machts möglich! Was ist los mit euch? Ihr schaut ja so bedröppelt."

„Wir sind nicht bedröppelt, Gilg", sagte Hiltrud, „aber wir sind erstaunt, dass du heute schon kommst. Du hattest dich erst für die nächste Woche angekündigt."

„Frietz war für nicht ganz zwei Tage frei", sagte Gilg. „Also gestern Abend auf den Ewer, am Morgen das Fuhrwerk nehmen, hier ankommen und dann am Nachmittag wieder zurück zum Ewer fahren. Die Nacht durchfahren, um morgens in Hamburg anzukommen. Nun", Gilg grinste, „Frietz fährt bei Nacht und ich schlafe, während Frietz tagsüber schläft und ich arbeite. Da ich euch alle sehe, habe ich eine Bitte: Petter, könntest du zwei Kapaune schlachten? Die würde ich gerne mitnehmen."

„Kein Problem", meinte Petter. „Da muss ich mir nur eben das Beil holen und die beiden Tiere köpfen. Aber Rupfen geht nicht.

„Warum?"

„Hast du schon einmal davon gehört, dass man ein Tier ausbluten lassen muss und es erst dann rupfen kann?"

„Was ist mit dem Schwein?", fragte Gilg. Er ging nicht auf Petter ein.

„Alles im Keller. All das, was man pökeln kann, ist gepökelt", sagte jetzt Hiltrud. „Was gewurstet worden ist, ist längst verzehrt. Der Gutshof muss sich auch ernähren." Sie hieb mit der Hand auf die Wand. „Hast du eigentlich mal die Frage gestellt, wie es deiner Gertrud geht?"

Gilg schwieg eine Weile. Dann sprach er langsam: „Hiltrud, es ist nicht so wie du denkst. Ich mache mir viele Gedanken um Gertrud. Sie betreffen auch mich. Deswegen wollte ich erst einmal über den Gutshof sprechen, damit wir danach über meine Gertrud reden können. Wer weiß, wie viel Zeit wir dafür brauchen." Dann sprach er schneller. „Ihr wisst es doch selbst: Was ich kann, das lässt sich an den Fingern einer Hand abzählen. Ich kann Bier, Wein und Schnaps." Er streckte seine Hand in die Höhe und zählte mit den Fingern ab. „Dann kann ich noch das Hurengewerbe. Das wären dann vier Sachen. Was kann ich nicht? Gutshof kann ich nicht. Das ist mir schon klar. Ziehvater kann ich auch nicht."

„Lass gut sein, Gilg, und mach dich nicht schlechter als du bist." Tarnus bewegte die Hände auf und ab. „Hiltrud hat alles stehen und liegen lassen, um zu deiner Gertrud zu eilen, und du kommst jetzt hier an und erweckst den Eindruck, als hättest du nur Kapaun und Schwein im Kopf. Ist doch klar, dass sie sauer reagiert." Tarnus machte eine Pause. „Aber jetzt ist ja alles geklärt."

„Danke", murmelte Gilg.

„Gehen wir doch hoch in die große Stube und setzen uns dort an den Tisch", schlug Hiltrud vor.

„Gute Idee", meinte Tarnus.

„Braucht ihr mich noch?", fragte Petter. „Ich müsste noch zwei Kapaune schlachten und die Schweineteile aus dem Keller holen."

„Geh ruhig", sagte Hiltrud.

„So, ich fasse noch einmal zusammen, Gilg: Deiner Gertrud ist kein Leid geschehen und sie ist, wie es aussieht, auch nicht in Gefahr. Was sie konkret ängstigt, wissen wir nicht. Noch nicht – möglicherweise. Vielleicht hat sie einen bösen Menschen gesehen, vielleicht hat sie ein Gesicht gehabt. Sie kann ja, wie sie sagt, einen bösen Menschen von Weitem erkennen."

„Ja, dazu kann ich auch etwas sagen …", warf Gilg ein, doch Hiltrud unterbrach.

„Lass mich das zu Ende bringen. Die Rolle dieser Nonnen klären wir noch ab und alles, was mit der Erkrankung des Tantchens zu tun hat. Das machen Petter und ich. Das betrifft aber nicht deine Gertrud. Dass sie nicht ins Dorf geht, solange die Ermittlungen laufen, versteht sich von selbst."

„Meine Gertrud kann sehr gut beobachten. Doch manchmal sitzt sie auch ganz in sich versunken da. Wenn aber zu viel auf einmal auf sie zukommt, dann dreht sie durch oder macht völlig zu", ergänzte Gilg.

„Ein schlechter Vater hätte so etwas gar nicht bemerkt", meinte Hiltrud.

Gilg sah erstaunt auf. „Das aus deinem Mund?"

„Friedensangebot." Hiltrud lächelte. Dann wurde sie sachlich: „Wann genau fährst du wieder?"

„Ich muss bis zur Dämmerung am Anleger sein."

„Also Abfahrt von hier in etwa zwei Stunden."

„Genau."

Hiltrud wandte sich an Tarnus. „Roberecht Erik Tarnus, ich glaube, du weißt, was das heißt."

„Genauso habe ich auch gedacht." Tarnus stand auf. „Ich habe noch zwei Stunden, um mein Bündel zu schnüren. Aber ich werde mich vorher noch von einer schönen Frau verabschieden." Tarnus zog Hiltrud an sich heran. „Gilg, würdest du dich bitte umdrehen? Ich möchte Hiltrud küssen."

„Schon gemacht", kam es gegen die Wand gesprochen zurück.

IX

Eine Magd, die Tarnus kannte, ließ ihn in Hannes' Badehaus ein. „Schön, euch mal wieder zu sehen, Meister Tarnus", sagte sie. „Eine Rasur eher nicht, aber ein Haarschnitt? Doch wie ich euch kenne, wollt ihr auch mit unserem Meister sprechen."

„Ich verzichte gern auf einen Haarschnitt, wenn ich mit Meister Hannes sprechen könnte."

„Meister Hannes ist noch unterwegs. Eine Hausgeburt, da kann man nie wissen. Also in der Wartezeit ein Haarschnitt?"

„Wer macht den Haarschnitt?", wollte Tarnus wissen.

„Ja, Taavi natürlich."

„Du bist doch die Gesine?", vergewisserte Tarnus sich. „Und du hast doch den Taavi unsere Sprache gelehrt."

„Ja, das habe ich." Gesine errötete. „Dabei haben wir uns näher kennengelernt. Ihr hattet mir dazu so gute Vorschläge gemacht. Stellt euch vor, Meister Tarnus", die Magd begann zu flüstern, „er hat um meine Hand angehalten."

„Glückwunsch", flüsterte Tarnus gleichfalls. „Wann ist die Hochzeit?"

„Taavi spart noch etwas an, damit wir ein Hochamt bekommen können und eine gemeinsame Wohnung. Wer weiß, ein halbes Jahr vielleicht dauert es noch."

„Wie schön", meinte Tarnus. „Wenn Taavi Zeit hat, soll er den Haarschnitt machen."

„Wie schön, dich mal wieder zu sehen." Hannes schlug Tarnus auf die Schulter. Er schien sich ehrlich zu freuen. „Hast dich rar gemacht in der letzten Zeit. Doch ich weiß ja, die Arbeit und die Liebe …"

„Hab ich schon erzählt", unterbrach Tarnus. „Ich weiß, Hannes, du hast wenig Zeit."

„Die Geburt ging schnell", antwortete Hannes. „Drei Presswehen – und das Kind war da." Hannes machte eine Pause. „Weißt du, Tarnus, das hast du ja auch schon erlebt, da kommt etwas Unvorhergesehenes und die ganze Planung ist dahin. Ich möchte gerne ein ganz klein wenig auf die Bremse treten. Irgendwann sind die Kinder groß und ich habe sie gar nicht gesehen. So habe ich Taavi längerfristig an meinen Laden gebunden und verspreche mir davon eine deutliche Entlastung."

„Wir hatten vor einiger Zeit über deine Tochter gesprochen", sagte Tarnus. „Ich glaube, Kaia heißt sie."

„Stimmt." Hannes beugte sich vor. „Alle drei Kinder werden noch ein Geschwisterchen bekommen. Ich selbst weiß es erst seit einer Woche."

„Glückwunsch."

„Aber psst." Hannes legte einen Finger auf die Lippen. „Verschwiegenheit gehört zu meinem Geschäft."

„So." Hannes wurde geschäftsmäßig. „Der Haarschnitt ist gut. Was willst du sonst noch wissen?"

Tarnus brachte die klebrige Masse aus dem Dorf hervor, immer noch in das Beinwellblatt eingewickelt. Ich bitte dich, das zu analysieren."

„Gibt es eine Geschichte dazu?", fragte Hannes.

„Zwei Minuten?"

„Zwei Minuten, mal sehen." Hannes kramte in einer Schublade und stellte eine Sanduhr auf den Tisch.

Tarnus berichtete kurz und knapp und in der gleichen Weise über den Fall, wie Hiltrud es am Vortag gegenüber Gilg getan hatte. Hannes betrachtete die Uhr. „Keine zwei Minuten, beachtlich. Kurz, präzise, vor allem verständlich."

„Danke, aber ich habe es nach Hiltruds Methode dargestellt."

Hannes schnüffelte an dem Inhalt des Beinwellblattes und kostete davon. Er wurde ernst. „Alles klar. Bei dieser Paste habe ich eine Idee. Da kann ich dir weiterhelfen. Was diese Mechthild von Magdeburg angeht, da habe ich allerdings keinen blassen Schimmer. Doch keine Sorge. Da gibt es einen Gelehrten, eine Art wandelndes Lexikon. Friedrich von Ringstetten heißt er." Hannes nannte die Adresse. „Aber aufgepasst! Er ist sehr mitteilsam. Versuche, das Gespräch zu lenken."

„Danke, aber was ist mit der Paste?"

„Als Erstes: Das ist eine Latwerge."

„Was in aller Welt ist eine Latwerge?"

Hannes blieb ernst. „Eine Latwerge ist eine Zubereitungsform, bei der Säfte und Honig zusammengegeben werden. Danach wird das Ganze eingedickt."

„Was ist denn darin? Mensch, Hannes, spann mich nicht auf die Folter."

„Es ist wichtig. Tarnus, war an diesem Haus von den Nonnen ein schöner Garten?"

„Er sah neu aus, aber am Rande standen schöne Blumen."

„Welche?"

„Na, Kornblumen und Mohn."

„Das ist es", sagte Hannes. „Mohn."

„Was?"

„Mohn, Schlafmohn. Ich will es kurz ausführen. Nach der Blüte bildet sich beim Mohn eine Samenkapsel. Diese wird am späten Nachmittag angeritzt. Dabei tritt ein milchiger Saft aus. Dieser wird im Laufe der Nacht schwarz und am nächsten Morgen abgeschabt. Schlafmohn ist in aller Regel in der Darreichungsform der Latwerge erhältlich. Was heißt erhältlich? So etwas ist unglaublich teuer. Wenn man es selbst machen kann, natürlich nicht."

„Wie bist du darauf gekommen?"

„Du hattest mich auf die Melisse aufmerksam gemacht. Nun, die Melisse konnte ich deutlich riechen. Und da waren da noch die Reste des Honigduftes. Aber da war noch etwas anderes: Es war der Geruch des Mohnsaftes, der ein wenig an den Rauch eines Kaminfeuers erinnert."

„Mit diesem Ergebnis habe ich nicht gerechnet", sagte Tarnus. „Dann halten diese Nonnen das Tantchen also in einem künstlichen Mohnsaftkoma?"

„So sieht es aus." Hannes nickte.

„Und deswegen sah das Tantchen auch so aus, als würde es nicht leiden?"

„Mohn macht glücklich", bestätigte Hannes.

„Aber warum das alles?"

„Sie wollen das Tantchen ausschalten, aber nicht töten. Mehr kann ich dazu auch nicht sagen. Mensch, Tarnus, du bist der beste Späher in Hamburg, das wirst du wie immer nach deiner Art herausfinden."

„Hannes, woher weißt du das alles?"

„Das gehört zu meinem Beruf. Schon mal was von Heilschlaf gehört?"

„Den hast du ja auch mal bei mir gemacht. Sag, hast du bei mir auch Schlafmohn eingesetzt?"

Hannes schüttelte den Kopf. „Du hattest eine Schädelverletzung, da kam Schlafmohn nicht infrage." Er stand auf. „Tarnus, ich muss so langsam weiter."

„Vielen Dank", sagte Tarnus. „Du hast mir wirklich weitergeholfen."

„Mach ich gern." Hannes schlug Tarnus auf die Schulter. „Und wenn du zu Friedrich von Ringstetten gehst, berufe dich ruhig auf mich. Ich habe ihn oft genug zur Ader gelassen."

„Nehmt Platz." Friedrich von Ringstetten wies auf einen gepolsterten Stuhl, der an einem Schreibtisch stand, welcher über und über mit alten Folianten bedeckt war. „Meine Magd sagte mir, dass ihr Informationen über Mechthild von

Magdeburg benötigt. Nun, da werde ich wohl Rat wissen. Hat sie euch schon mein Honorar genannt?"

„Ja." Tarnus nickte.

Der Gelehrte, ein kleines, bebrilltes Männchen mit einer Gelehrtenhaube auf dem Kopf, entsprach genau den Vorstellungen, die man sich gemeinhin von einem solchen Menschen machte. „Wie war noch einmal euer Name?"

„Tarnus, Roberecht Erik Tarnus."

„Sehr schön. „**Ro** berecht **E** rik **Tar** nus." Friedrich von Ringstetten skandierte Tarnus' Namen und vollführte dazu mit der Hand kreisende Bewegungen. „Sehr schön. Ein dreihebiges Versmaß mit einem Daktylus zum Anfang."

Das konnte ja heiter werden. Tarnus ließ seine Blicke schweifen. Über ihm hing von der Decke ein ausgestopfter Vogel, den Tarnus schon einmal gesehen hatte.

„Merops", sagte der Gelehrte. „Über euch hängt ein Merops. Kennt ihr ihn?"

„Ich fürchte, ich verstehe nicht", gab Tarnus zurück.

„Der Balg über euch stammt von einem Bienenfresser, wie er hier heißt. Habt ihr ihn schon einmal in natura gesehen?"

Tarnus überlegte. „Ich glaube schon. Wenn ich mich recht erinnere, an der Mündung der Oste in die Elbe."

„Das ist ein guter Ort für den Merops. Es gibt Gelehrte, die machen Excursiones dorthin, um den Vogel zu studieren. Ach, es ist schade, dass dem Vogel so nachgestellt wird. Seht", der Gelehrte faltete seine Hände, „dieser unschuldige Vogel ist seit der Antike bekannt. Aristoteles hat ihn beschrieben und Vergil gibt ihm Raum in seinen ländlichen Gedichten. Eigentlich als Honigspecht beschrieben, hat sich ein Sinneswandel vollzogen. Ein napolitanisches Dialektwort nennt ihn ‚lupo de l'api', also ‚Bienenwolf', und ein deutschsprachiger Gelehrter hat daraus ‚Immenwolf' gemacht. Die Stadt Napoli kennt ihr?"

Tarnus schüttelte den Kopf.

„Napoli, eine Stadt an den Gestaden der mittelmeerischen See, weit weg von hier, in dem Land, in dem die Zitronen blühen. Ihr werdet euch fragen, was ein Gelehrter den ganzen Tag treibt."

„Bücher studieren", sagte Tarnus. „Doch was ist mit Mechthild von Magdeburg?"

„Alles zu seiner Zeit", gab der Gelehrte zurück. „Ich schreibe an einem Buch. Was, meint ihr, hat es zum Inhalt?"

„Ein Epos sicherlich."

„Gefehlt." Der Gelehrte hob seine Hände. „Eine Geschichte, wenn man so will, ein Märchen."

„Ich wusste nicht, dass Gelehrte Märchen verfassen", sagte Tarnus. Wäre er nicht auf Informationen angewiesen, hätte er versucht, das Gespräch zu beenden.

„Ich schreibe solche Geschichten. Und ich habe einen Vorleser. Der geht in die Häuser reicher Frauen und bringt meine Geschichten dar. So finanziere ich meine Gelehrtentätigkeit. Im Augenblick schreibe ich an der Geschichte, die ‚Undine' heißt. Da freit ein Ritter ein Mädchen aus dem Volk der Wassergeister. So etwas kann nicht gutgehen. Es ist eine bittersüße Geschichte, doch sie enthält Passagen, da ist es so, als schlügen tausend Nachtigallen."

„Bitte, bitte komme zu Mechthild von Magdeburg", flehte Tarnus innerlich.

„Jetzt zu Mechthild von Magdeburg." Der Gelehrte zog einen Folianten hervor. Tarnus' Flehen schien erhört. „Mechthild von Magdeburg", wiederholte Ringstetten, „wurde vor etwa zweihundert Jahren geboren. Sie wurde siebzig oder gar achtzig Jahre alt und etwa ab ihrem fünfzigsten Lebensjahr begann sie, ihre religiösen Erfahrungen aufzuschreiben. Ihr Werk heißt ‚Das fließende Licht der Gottheit'. Es beginnt mehr allgemein. Ich lese euch mal vor, was Mechthild über das Gebet schreibt:

,Das Gebet hat große Kraft, das ein Mensch leistet mit aller seiner Macht. Es machet ein sauer Herze süße, ein traurig Herze froh, ein arm Herze reich, ein dumm Herze weise, ein blöd Herze kühne, ein krank Herze stark, ein blind Herze sehend, eine kalte Seele brennend.'"

Der Gelehrte sah auf. „Das ist eigentlich nichts Besonderes. So etwas steht in vielen Erbauungsbüchern. Doch jetzt zu dem, was Mechthilds Werk auszeichnet. Ich will es mal einfach formulieren: Es ist die Art, wie man sich Gott nähert, auch Gotteserlebnis oder Gotteserfahrung genannt. Da gibt es einen asketischen Läuterungsprozess, der bis zur Ekstase gehen kann. Da gibt es Kasteiungen wie Wachen, Fasten, Rutenschlagen sowie Anbetungen. Dieser Weg führt letztlich zur mystischen Vereinigung mit der göttlichen Wirklichkeit. Wir Gelehrten sagen: ,Unio mystica.'"
„Also ganz einfach gesagt: Mit Haut und Haaren sich Gott verschreiben."
Friedrich von Ringstetten sah Tarnus an: „Durchaus, durchaus. Wissenschaftlich wäre das natürlich nicht und religiös auch nicht, aber ich sehe, dass meine Ausführungen nicht spurlos an euch vorübergegangen sind." Er wendete einige Seiten seines Folianten. „Doch hört, wie Mechthild von Magdeburg dieses mystische Erleben in ihrem Buch beschreibt. Es geht um Jesus, den Geliebten.

,Er durchküßt sie mit seinem göttlichen Munde
Wohl Dir, ja mehr als wohl, ob der überherrlichen Stunde!
Er liebt sie mit aller Macht auf dem Lager der Minne
Und sie kommt an die höchste Wonne
Und in das innigste Weh
Wird sie seiner recht inne.'"

„Das ist aber kühn", entfuhr es Tarnus.

„Durchaus", bestätigte Ringstetten. „Aber es ist die Beschreibung der mystischen Vereinigung mit der Gottheit. Deswegen habe ich es ja auch vorher erläutert."

„Weniger gebildete Menschen würden den Begriff ‚Schweinskram' verwenden."

„Das sind wir zweifelsfrei nicht", bemerkte der Gelehrte und zog an seiner Gelehrtenhaube.

„Was ist, wenn eine solche Frau in solch einem Zustand an einen Menschen gerät, der sie ausnutzen will, sagen wir mal, einen Beichtvater?"

„Ihr meint, wenn jemand religiöse Ekstase in eine andere Form der Ekstase überführt?" Friedrich von Ringstetten knetete seine Hände. „Nun, ich liefere die Fakten und gebe wissenschaftliche Erläuterungen – Interpretationen sind eure Sache."

„Das habt ihr trefflich formuliert." Tarnus stand auf. Er musste so schnell wie möglich zum Gutshof. Er zählte drei Silberlinge auf den Schreibtisch. „Euer Honorar. Ich danke sehr für die ausführlichen Auskünfte. Sie haben mich weitergebracht."

„Keine Ursache. Ich freue mich über Leute, die zuhören können." Ringstetten stand auf und geleitete Tarnus zur Tür. „Wenn ihr wieder einmal etwas wissen wollt, kommt getrost."

„Mache ich", sagte Tarnus im Gehen. „Wann ist eure ‚Undine' fertig?" Danach war ihm. Ein bittersüßes Märchen, fernab der Realität, mit Wassergeistern und tausenden von schlagenden Nachtigallen.

„Ein bisschen dauert es noch", hörte er, bevor er auf die Straße trat.

X

Nichts zu machen. Tarnus drehte ab. Um diese Zeit fuhr nicht ein einziger Kahn in die Richtung, in die er wollte. Eigentlich war es klar: Um diese Zeit fuhr man nur in Ausnahmefällen los. Der Nachmittag war fortgeschritten und nicht jeder Schiffer fuhr bei Nacht. Außerdem – er käme sowieso nicht vom Anleger an der Krocker Aue zum Gutshof. Sören Willemsen vermietete nachts keine Transportmittel. Also eigentlich Blödsinn, es überhaupt versucht zu haben. Gut, er hatte immerhin einen Ewer für sechs Uhr am Morgen gefunden, der ihn mitnehmen würde. Tarnus verließ den Ewerhafen. Noch einen kleinen Gang zum Kloster der Barmherzigen Schwestern machen? Das bot sich an. Wenigstens einmal nachfragen, ob diese Anna Elversberg mit ihrer Tochter noch im Kloster wäre oder wann die Äbtissin käme. Tarnus machte sich auf den Weg. Weit war es ja nicht.

Dieselbe Nonne wie beim letzten Mal saß an der Pforte des Klosters. Sie richtete ihre hellen, flinken Augen auf Tarnus. „Meister Tarnus, was führt euch her?"
„Ihr habt ein gutes Gedächtnis", sagte Tarnus.
„Wenn man an der Pforte sitzt, braucht man ein gutes Gedächtnis", antwortete die Nonne.
„Warum habt ihr mich dann gefragt, warum ich gekommen bin?"
„Ich wollte Zeit gewinnen. Ich wusste, ihr würdet nach Anna Elversberg und ihrer Tochter fragen."
„Und?", fragte Tarnus.
„Ich darf euch nichts sagen."
„Ist sie noch da?"
Die Nonne schüttelte den Kopf.

„Musste sie zu ihrem Mann zurück?"
Die Nonne nickte.
„Ist die Äbtissin vorzeitig gekommen?"
Die Nonne nickte.
„Da kann man wohl nichts machen." Tarnus war enttäuscht.
„Ihr wart ein großzügiger Spender", hörte er dann. „Und ihr habt euch für Anna eingesetzt, unsere Schwester im Herrn. Das tun nicht viele. Gottes Dank dafür und seinen Segen." Die Nonne bekreuzigte sich.

„Sagt", fragte Tarnus, „wenn ihr das Abendgebet sprecht, könntet ihr den einen oder anderen in euer Gebet einschließen? Da ist die Frau, die ich liebe, da ist ein junges Mädchen, von dem ich nicht weiß, ob es in Gefahr ist. Und da sind noch ganz viele andere Menschen."

„Wenn ich heute Abend mit Unserm Vater dort oben spreche", die Nonne sah hoch und bekreuzigte sich erneut, „werde ich Ihm alle Menschen, die euch am Herzen liegen, Seiner Obhut empfehlen." Die Nonne lächelte freundlich.

„Danke." Tarnus verließ das Kloster.

Jetzt noch eine öde Nacht auf dem Kattrepel zu verbringen, den Gedanken nachzuhängen und auf den Morgen zu warten – keine verlockende Aussicht. Tarnus ging durch Straßen. Die Luft des späten Nachmittags tat gut, doch dann kamen immer wieder die Gedanken an die Nonnen. Was bezweckten sie damit, das Tantchen zu betäuben? Natürlich! Sie wollten an Gertrud herankommen. Doch warum? Nur nicht die Fantasie ins Kraut schießen lassen! Tarnus versuchte, die Gedanken wegzudrücken. Unvermittelt fand er sich wieder vor dem Haus des Jan Elversberg. Wohl unterbewusst hatten ihn seine Schritte hierhin gelenkt. Tarnus ging langsam an dem Haus vorbei und drehte den Kopf, als suche er nach einer bestimmten Adresse. Stimmen waren zu hören. „Ich arbeite den ganzen Tag und dann solch ein Essen." Das war die Männerstimme des Jan Elversberg.

„Dann gib mir mehr Geld zum Einkaufen." Das war eine Frauenstimme und musste zu Anna Elversberg gehören. Die Stimme war schrill und überschlug sich.

„Nun streitet nicht schon wieder." Das war eine Kinderstimme. Die musste zu der kleinen Anna gehören.

„Geh in den Garten, Anna." Die Stimme von Jan Elversberg klang sanfter. Dann wurde sie schärfer. „Bitte, Anna, nicht vor dem Kind."

„Ich lasse mir den Mund nicht verbieten. Mehr als prügeln kannst du doch nicht. Was höre ich da – eheliche Pflichten? Du bist es doch, der es nicht bringt. So etwas nennt man einen Schlappschwanz."

„Na warte."

Tarnus hörte, wie ein Stuhl gerückt wurde. Er setzt sich eilends in Marsch. Merkwürdig. Hiltrud hatte ihn gefragt, ob er, Tarnus, diese Anna Elversberg persönlich kennengelernt hätte. War das eine mehr allgemeine Frage gewesen oder hatte Hiltrud hellseherische Fähigkeiten?

„Au!" Nicht aufgepasst, den Gedanken nachgehangen, auf irgendeiner schmierigen Masse ausgerutscht – Tarnus lag am Boden. Ein stechender Schmerz durchzuckte seinen rechten Knöchel. „Verdammter Mist", fluchte er. Das konnte er im Augenblick überhaupt nicht gebrauchen. Tarnus rappelte sich hoch, doch dann musste er sich an einer Hauswand abstützen. Der Knöchel war nicht zu gebrauchen, er konnte nicht auftreten. Ein Fenster wurde geöffnet. Eine Frau steckte ihren Kopf hinaus. „Was ist, warum fluchst du so?"

„Knöchel verdreht", brachte Tarnus durch die Zähne heraus.

„Nächstes Mal besser aufpassen."

„Danke."

Nach einer Weile kam es aus dem Fenster: „Schlimm?"

„Kann nicht laufen."

„Einen alten Stock habe ich noch. Willst du den?"

„Gerne."

Nach einer kleinen Weile wurde die Haustür geöffnet und eine kleine alte Frau trat hervor. Sie hinkte ein wenig, doch das tat ihrem Geh-Tempo keinen Abbruch. „Hier, der Stock."

Tarnus nahm den Stock und sah ihn an. „Zu kurz. Wie soll ich damit gehen?"

„Stimmt." Die alte Frau nahm den Stock wieder an sich. „Ich habe eine Idee." Sie verschwand im Haus und kam kurz darauf mit einer Bohnenstange zurück.

„Was soll ich mit einer Bohnenstange?"

„Sie ist gekürzt. Hat mein Alter auch benutzt, als er sich mit einem Beil in den Fuß gehackt hatte. ‚Lass das Beil aus der Hand, du hast zwei linke Hände', habe ich ihm immer wieder gesagt, aber er wollte nicht hören. Na ja, dann kam der Wundbrand."

„Tut mir leid."

„Schon gut. Aber für die nächsten Tage habe ich wenigstens etwas zu erzählen."

„Und wie mache ich das mit der Bohnenstange?", fragte Tarnus.

„Du nimmst die Bohnenstange in beide Hände und hoppelst mit dem gesunden Fuß hinterher."

Tarnus probierte es. „Geht ganz gut." Er bedankte sich und zog los. Hoffentlich traf er Hannes den Bader noch an.

Der rechte Knöchel schmerzte. Wahrscheinlich war er schon angeschwollen. Tarnus bediente die Bohnenstange. Er hatte sich ein Bild von dieser Anna Elversberg gemacht, ohne sie kennengelernt zu haben. Er hatte aus dem Gespräch mit ihrem Ehemann automatisch Schlüsse gezogen, die nicht richtig waren. Mühsam war es, die Bohnenstange zu bedienen. Schweiß trat auf Tarnus' Stirn. Es gab nicht nur Schwarz-Weiß, nur Opfer, nur Täter. Auch mit Worten konnte man verletzen. Hannes' Badehaus kam in Sicht. Nur noch ein paar hundert Meter! Allmählich begannen die Hände zu schmerzen und Menschen drehten sich nach ihm um. Wenn man so arbeitete wie er, Tarnus, dann konnte es schon mal sein, dass man auf die Fresse flog, mal bildlich, mal tatsächlich.

Tarnus zog sich in die Eingangstür von Hannes' Badehaus. Eine Magd kam ihm entgegen. „Meister Tarnus, was ist mit euch?" „Knöchel kaputt", antwortete Tarnus. „Ist Hannes noch da?" „Ihr habt Glück, Meister Tarnus, er wollte eigentlich gerade gehen. Aber was ist das für ein Stock? Gebt ihn mir und haltet euch an der Tür fest. Ich stelle den Stock ab und dann stützt euch auf meine Schulter."
„Das ist eine Bohnenstange", sagte Tarnus. „Mit dieser bin ich bis hierhin gehoppelt, ein Fuhrwerk war mir zu teuer."
„Schön, wenn man bei all dem Unglück noch Witz hat", kommentierte die Magd. „Ich bringe euch jetzt in die Stube, in der sich ein Schragen befindet. Sie ist zu ebener Erde."

„Tarnus, was machst du für Sachen?" Hannes betrat den Raum. „Ich sehe schon, der Schuh ist ausgezogen, das Hosenbein ist hochgekrempelt und du liegst auf dem Schragen. Was ist passiert?"
„In Gedanken gewesen, ausgeglitscht und den Knöchel verdreht", sagte Tarnus.
„An Hiltrud gedacht oder die Welt gerettet? Tarnus, ich will keine Antwort." Hannes machte sich daran, Tarnus' Knöchel zu untersuchen. „Tut es hier weh?"
„Natürlich."
„Und hier?"

„Noch stärker."

„Und hier?"

„Eher weniger."

Hannes wiegte den Kopf. „Als Erstes mal die Diagnose: Das Schienbein und das Wadenbein scheinen nicht lädiert, also nicht gebrochen. Aber es sieht so aus, als wäre die Verbindung zwischen den beiden Knochen gerissen. Diese Verbindung heißt Syndesmosis und besteht aus demselben Material wie eine Sehne."

„Wie lange dauert es, bis diese Syndesmosis wieder zusammengewachsen ist?"

„Drei Monde vielleicht, aber ohne Gewähr. Das geht aber nur, wenn du das Bein schonst und nicht belastest. Diese Syndesmosis verleiht dem Knöchelgelenk Stabilität. Wenn man zu viel belastet, stört das den Heilungsprozess. Das kann dann dazu führen, dass das Gelenk versteift."

„Aber ich muss morgen früh zum Gutshof starten. Hannes, du weißt ja selbst von dem Schlafmohn. Aber dieser Gelehrte, dieser Friedrich von Ringstetten, hat mich auf Dinge hingewiesen, die mir Angst machen."

„Tarnus, ich werde dich nicht ändern. Mach es doch so, bleib einfach auf dcm Schragen liegen. Taavi ist ohnehin im Hause, er nächtigt in einer der Kammern. Meine Magd wird dir noch einen Verband anlegen mit einer schmerzstillenden und abschwellenden Salbe. Und morgen früh humpelst du dann von hier aus zum Ewerhafen. Einen Augenblick bitte." Hannes verließ den Raum, doch bald war er zurück. „Hier sind zwei Krücken. Die schiebst du dir einfach unter die Achseln. Dann geht es sich einfacher. Von der Größe her müssten sie passen. Ich lasse dir noch einen Krug mit Bier bringen. Das wirkt auch schmerzlindernd. Aber nur einen Krug. Bier treibt und du sollst ja liegenbleiben."

„Danke, Hannes", sagte Tarnus, „danke für deine Behandlung, danke für deine Gastfreundschaft, danke für alles. Aber eine Frage hätte ich noch, die ist mir durch den Kopf gegangen: Wie lange wird es dauern, bis das Tantchen aus seinem Mohnschlaf erwachen wird?"

Hannes lachte breit. „Also doch die Welt retten! Tarnus, ich wusste es. Hier, mit einem verdrehten Flunken auf einem Schragen liegend, sorgst du dich noch um deine Mitmenschen." Dann wurde er sachlich: „Ich denke, in spätestens einer Woche sollte das Tantchen wiederhergestellt sein. Wenn Excitationes auftreten, also Unruhe oder Zuckungen, verbunden mit kaltem Schweiß, einfach eine kleine Dosis von dieser Mohnpaste geben. Und wenn die nicht mehr vorhanden sein sollte, kann man es mit Baldrian oder Hopfen versuchen. Oft geht es auch mit einem Gläschen Schnaps."

„Alles klar."

„Dann mache ich mich mal davon." Hannes hob eine Hand. „Wenn etwas sein sollte – Taavi ist im Haus." Hannes verließ die Stube.

„Danke nochmal", rief Tarnus ihm nach, doch dann hörte er schon, wie die Haustür von Hannes' Badehaus ging.

„Da bin ich", sagte Tarnus. Er hatte den Ewer erreicht. Mühsam war er gewesen, der Weg von Hannes' Badehaus zum Ewer-Hafen und mühsam auch die Nacht auf dem schmalen, harten Schragen. An Schlaf war nicht zu denken gewesen. Erst hatten ihn die Schmerzen in seinem Knöchel gepeinigt und später die Angst, zu verschlafen und sein Transportmittel zu verpassen. Ein scharfer Wind peitschte über Elbe und Hafen und verwandelte den Sprühregen in feine Nadelstiche, die in die Haut drangen.

Der Schiffer, dem der Bart fast bis auf die Brust fiel, sah auf. „Gestern hast du besser ausgesehen." Dann hantierte er weiter an einem Tau. „Hat sich verheddert, passiert mir nicht oft. Warte noch, es könnte rutschig sein."

„Mach ich." Tarnus blieb vor dem Ewer stehen und stützte sich auf seinen Krücken ab.

„So, fertig." Der Schiffer legte das Tau ab und ging auf Tarnus zu. „Gib mir eine Krücke. Dann stützt du dich auf mich und ich bringe dich an Bord."

„Mach ich", sagte Tarnus. „Danke"

Jetzt lag er im Laderaum des Ewers auf einem Strohsack, das lädierte Bein auf einer Kiste. Der Schiffer hatte ihm an Bord geholfen und ihn dann in den Laderaum gewiesen. „Auf Deck ist es nicht gut. Soll aber besser werden. Ab Mittag scheint die Sonne. Schaffst du die Leiter?"

„Schaff ich, runter geht's immer."

Tarnus döste. Viele Gedanken gingen ihm durch den Kopf. Was hatte Hannes doch alles über diese Schlafmohnpaste zu erzählen gewusst und was hatte dieser Gelehrte alles zum Besten geben können. Und beide, jeder auf seine Weise, hatten das spontan machen können und ohne jedes Überlegen.

„Komm hoch." Tarnus schreckte auf. Er musste wohl eingeschlafen sein. Das passierte ihm auf solchen Fahrten eigentlich regelmäßig. Er hörte ein kratzendes Geräusch und dann noch einmal den Ruf: „Komm hoch, wir legen an."

„Komme", rief Tarnus so laut wie er konnte. „Einen Moment."

Tarnus hatte sich die Leiter hochgemüht und mit des Schiffers Hilfe den Ewer verlassen. Er griff nach seinen Krücken. „Danke fürs Mitnehmen. Was bin ich schuldig?"

Der Schiffer winkte ab. „Einen Lazarus mitzunehmen, ist doch Christenpflicht. Gott befohlen."

„Gott befohlen", antwortete Tarnus und humpelte vom Anleger. Wie schön, Christentum in einer praktischen Form – im täglichen Leben!

Der Besitzer des neuen Schankhauses, Fuhr- und Transportunternehmer zugleich, Sören Christensen, war kompakt, aber nicht dick. Sein Gesicht war fleischig und die Augen lagen eingebettet in Höhlen. Sie schienen überall zu sein, wohl immer auf der Suche nach einer guten Gelegenheit.

„Ich muss zu dem Gutshof nahe Elmshorn", sagte Tarnus, indem er seine Krücken am Tresen sortierte, „und zwar möglichst bald."

„Welchen Gutshof meinst du?", fragte Willemsen zurück.

„Den von Gilg", antwortete Tarnus, „vormals vom alten Abraham."

„Kenn ich." Der Schankwirt sah an Tarnus herunter. „Kannst du dir das überhaupt leisten?"

„Kann ich." Tarnus kramte in seinem Säckel.

„Aber erst mal ein Bier?"

„Ein ganz schnelles."

„Kommt sofort." Behende füllte der Wirt Bier in einen Krug. „Wohl bekomm's."

„Was bin ich schuldig?"

Der Wirt nannte eine Summe, vertretbar, aber für Hamburger Verhältnisse schon in einer oberen Spanne.

„Bitte sehr." Tarnus reichte das Geld über den Tresen. Dann trank er einen großen Schluck. Das Bier tat gut, wenngleich es eher von minderer Qualität war. Tarnus blickte sich um. An einem Nebentisch saßen vier Männer, die aber dabei waren, aufzustehen. Einer der Männer ging auf Tarnus zu und klopfte ihm auf die Schulter. „Zum Gutshof vom alten Abraham, komm mit."

Tarnus stellte seinen Krug ab und wollte sich zum Gehen wenden, doch der Mann flüsterte: „Das Bier trinkst du aber noch aus, dem schenken wir nichts."

Tarnus leerte hastig seinen Krug, doch er verschluckte sich und musste husten.

„Jetzt huste dich aus, nimm deine Krücken und komm raus." Der Mann verließ das Schankhaus.

Wenig später kam Tarnus aus dem Schankhaus. Da standen vier Männer um ein Pferdefuhrwerk herum. Der Mann, der Tarnus angesprochen hatte, rief: „Komm her, wir ziehen dich hoch."

„Danke." Tarnus nahm seine Krücken in Empfang. Er befand sich auf der Ladefläche des Pferdefuhrwerks. Es war hart und ungemütlich.

Zwei Männer nahmen auf dem Kutschbock Platz, die beiden anderen setzten sich zu Tarnus. Einer der beiden war Tarnus' bisheriger Gesprächspartner. Dieser meinte: „Sehr gemütlich. Noch nicht mal ein Sitzkissen hat dieser Sören Willemsen für nötig gehalten."

„Und das für einen Preis, den man sonst für eine Kutsche bezahlt", fiel der Zweite ein.

„Warum regen wir uns eigentlich auf? Wir sind keine armen Leute mehr."

Tarnus hörte zu, doch er fühlte auch, wie er immer kribbeliger wurde und Unruhe in ihm aufstieg. Was hatte sich auf dem Gutshof getan? Was hatte Petter herausgefunden?

„Und du, was hast du auf dem Gutshof zu tun? Ich meine, mit einem kaputten Bein reist man nicht gerne." Der erste Mann wandte sich an Tarnus.

„Wohl wahr", meinte Tarnus. „Dringende Familienangelegenheiten."

„Das kann man bei uns nicht sagen", sagte der Mann. „Dringend ist es bei uns nicht mehr. Unser Oheim hat jetzt ganz viel Zeit."

Der Gutshof war erreicht. Tarnus wurde von der Ladefläche auf den Boden verfrachtet. „Hier sind deine Krücken."

„Danke für die Krücken und danke fürs Mitnehmen. Bin ich euch etwas schuldig?"

„Alles gut. Sieh erst mal zu, dass dein Flunken wieder gut wird."

„Ich gebe mir Mühe." Tarnus nahm seine Krücken und ging die letzten Meter zum Gutshof.

XI

„Hiltrud?" Tarnus stand in der großen Diele des Gutshofs.

„Ich bin in der Küche. Erik, das ist aber schön. So schnell hatte ich dich nicht zurückerwartet."

„Ich komme." Tarnus schob sich bis zur Küche vor.

„Eben noch Holz nachlegen, dann komme ich in deine Arme." Tarnus sah Hiltrud vor dem Ofen knien. Dann stand sie auf und drehte sich um. „Erik, ich freue mich so." Doch als sie Tarnus erblickte, schlug sie die Hände vor das Gesicht. „Oh, Erik, was ist das denn? Ich sehe dich auf Krücken. Was ist passiert?"

„Halb so schlimm", meinte Tarnus. „Hannes sagt, es ist nichts gebrochen. Nur die Verbindung zwischen dem Schienbein und dem Wadenbein ist gerissen. Aber das wird schon wieder."

„Erik, hast du mir einen Schreck eingejagt. Komm, setz sich und leg das Bein hoch." Hiltrud schob Tarnus auf einen Stuhl. „So, und jetzt gib mir die Krücken." Hiltrud lehnte die Krücken gegen den Tisch. „Später mache ich dir Umschläge mit Beinwell. Wie ist das passiert?"

Tarnus erzählte kurz, wie er ausgerutscht war, nachdem er das unschöne familiäre Gespräch der Eheleute Elversberg mitbekommen hatte. „Wie ich schon sagte, Hiltrud, das wird wieder. Aber ich muss dir unbedingt erzählen, was Hannes herausgefunden hat. Stell dir vor, diese klebrige Masse enthält nicht nur Melisse, deren Geruch den Honig überdeckt. In dieser Paste ist Schlafmohn! Die Nonnen arbeiten daran, Tante Hannelorchen gezielt auszuschalten. Der lethargische Schlaf ist geplant. Ich weiß aber nicht, was die Nonnen damit genau bezwecken."

„Das kann ich euch aber sagen." Petter stand in der Küche mit verdreckter Kleidung, eine Schnapsflasche in der Hand. Er atmete schwer und schien innerlich zu beben. Sein Gesicht war weiß und das Kinn zitterte.

„Petter, Vatter, setz dich erst mal hin. Du siehst so aus, als ob dich gleich der Schlag treffen könnte."

„Und wenn mich der Schlag trifft – vorher mache ich noch diese Brut unschädlich." Petter trank einen Schluck aus der Flasche. „Den brauche ich jetzt erst einmal. Ansonsten gieße ich ihn mir nur zur Tarnung über die Kleidung, damit ich nach Schnaps rieche."

„Besser?", fragte Hiltrud.

„Nein, überhaupt nicht." Petters Hände zitterten und er schlug auf den Tisch. „Wenn jemand der Gertrud auch nur ein Haar krümmen will, dann sehe ich rot, dann raste ich aus. Das gilt übrigens auch für dich, Hiltrud, und für den da." Petter wies mit dem Kopf auf Tarnus. Dann trank er einen weiteren Schluck aus der Flasche und stellte sie hart auf den Tisch. „Ein kleiner Schluck nur, ich muss klar bleiben."

„Nun sag schon, Vatter!" Hiltrud fasste Petters Schultern.

„Ich war im Dorf, hören und sehen, wie die letzten Male auch", begann Petter. „So torkelte ich an den beiden Häusern vorbei, dem des Tantchens und dem der Nonnen. Ich war schon vorbei, da hörte ich Stimmen aus dem Haus der Nonnen. Es war alles gedämpft, aber ich konnte es noch ganz gut hören."

„Weiter", drängte Hiltrud.

„Erst hörte ich Gesang. Der kam von Frauenstimmen, doch danach kam ein Gespräch – und da war eine Männerstimme dabei." Petter machte eine Pause. „Es war widerlich. Ich kann es kaum erzählen. Die Nonnen redeten den Mann mit ‚Großer, ehrwürdiger Meister' an und einmal auch mit ‚Heiland'. Und auf einmal begann der Mann zu sprechen und ich hörte Frauenstimmen antworten: ‚Wann wird mir endlich diese Jungfrau zugeführt?' – ‚Wir haben doch schon diese Frau in Schlaf versetzt, um an das Mädchen heranzukommen, aber es wollte nicht von uns gelehrt werden.' – ‚Dann lasst euch etwas anderes einfallen und eilt euch. Die Sterne des Antinous warten nicht.' Ich hatte genug gehört. Ich torkelte wieder zurück und kam auf dem schnellsten Weg hierhin." Petter zog geräuschvoll die Luft ein.

„Unfassbar", sagte Hiltrud nach einer Weile, doch Petter sprang auf. „Und wenn es das Letzte ist, was ich tue, wir gehen jetzt da rüber und heben diese Brut aus, dieses Sodom und Gomorrha! Hiltrud, wie viele Männer können wir zusammentrommeln?"

„Lass mich rechnen", antwortete Hiltrud. „Auf die Schnelle fünf Männer. Und mit mir vier Frauen. Erik bleibt hier und passt auf Gertrud auf."

„Ja, ich habe die Krücken schon gesehen", meinte Petter.

„Davon später", warf Tarnus ein, „aber denkt auch an ein Fuhrwerk für das Tantchen."

„Wir nehmen Dreschflegel mit und Forken", bemerkte Petter.

„Und Kochtöpfe, auf denen man trommeln kann", ergänzte Hiltrud. „Das wirkt gut. Wir wollen sie ja schließlich nicht erschlagen, Fememord und dergleichen ist nicht unser Ding."

Petter sah Hiltrud an. „Im ersten Moment war ich so außer mir, dass ich die ganze Bande auf dem höchsten Baum aufknüpfen wollte, aber du hast recht, wir sind ja schließlich Christenmenschen. Aber das", er hieb auf den Tisch, dass die Flasche wackelte, „sind diese Gottesleute, dieses Pack, nicht."

„Petter", mahnte Hiltrud, „mach den Wagen fertig."

„Mach ich." Petter verschwand.

„Fackeln", sagte Tarnus, „falls ihr in die Dunkelheit geratet. Wo ist übrigens Gertrud?"

„In ihrem Zimmer", antwortete Hiltrud. „Ich war gerade noch bei ihr. Sie schläft. Sie war heute angespannter als sonst. Ich hatte ihr einen Kräutertrank gemacht." Hiltrud kam auf Tarnus zu, beugte sich über ihn und umarmte ihn. „Ach, Erik, unfassbar." Dann straffte sie sich. „Fackeln, eine gute Idee."

„Ich fürchte, ich bin euch keine große Hilfe", sagte Tarnus.
„Doch, das bist du." Hiltrud sah Tarnus an und legte ihre Hand auf die Brust. „Da drinnen bist du und begleitest mich. Auch jetzt gleich." Dann wandte sie sich zur Tür.

XII

Hiltrud kam in die Küche. Schwer atmend ließ sie sich auf einem Stuhl nieder. „Der Spuk ist vorbei."

Tarnus, der mit Gertrud am Küchentisch saß, zog die Stirn hoch und wies auf seinen Bierkrug. „Gertrud hat mir ein Bier eingeschenkt und sieht mir beim Trinken zu."

Hiltrud stutzte, dann sagte sie: „Gleich kommen die anderen mit Tante Hannelorchen. Wir müssen überlegen, wo wir sie unterbringen."

„Wo wart ihr?", fragte jetzt Gertrud.

„Wir waren im Dorf", antwortete Hiltrud.

„Was habt ihr da gemacht?"

„Nach dem Rechten gesehen", sagte Hiltrud. „Die Nonnen hatten böse Absichten."

„Der böse Mann war schlecht."

„Kind, was sagst du da?"

„Ich habe diesen Mann gesehen. Er hatte grobe Knochen und eingefallene Augen und Wangen. Er hatte lange Finger. Er war böse, genau wie der Mann, der Erik angegriffen hat."

„Kind, was sagst du da?" Hiltrud wiederholte sich.

„Ich habe den Mann gesehen, als er im Garten hinter dem Haus der Nonnen war. Ich wollte zu Tante Hannelorchen, aber die Nonnen ließen mich nicht. Da ging ich ums Haus herum, um durch ein Fenster zu spähen. Dann sah ich ihn: Er trug ein langes Gewand und um den Kopf herum hatte er so etwas wie einen Schal gewunden. Und ich wusste, er ist böse. Aber jetzt ist er tot."

Hiltrud sah Gertrud lange an, dann nickte sie.

Tarnus zog sich am Küchentisch hoch. „Hiltrud, was ist passiert? Hat da jemand …?"

Hiltrud unterbrach, indem sie eine Hand erhob. „Nein, Erik. Kein Mensch hat die Hand gegen ihn erhoben. Gott hat ihn gerichtet."

„Gertrud war eigentlich die ganze Zeit angespannt. Wir saßen uns hier am Küchentisch gegenüber und schwiegen. Ich merkte, wie ihre Anspannung immer weiter zunahm und sie mit weit geöffneten Augen an die Wand sah", ergänzte Tarnus. „Aber auf einmal war sie ganz gelassen. Gertrud, kannst du dich daran erinnern?"

Gertrud schüttelte den Kopf.

„Aber daran, wie du mir aus der Kanne Bier in den Krug geschenkt hast?"

Gertrud lächelte. „Sicher."

Hiltrud umarmte Gertrud und drückte sie. „Ich bin ja so froh, dass du darüber reden kannst. Gertrud, ich glaube, dass du bald wieder besser schlafen kannst. Aber sag mal, bist du denn nicht müde nach all den bösen Sachen, die dir durch den Kopf gegangen sind?"

„Bringst du mich ins Bett?" Gertrud schlang ihre Arme um Hiltruds Hals.

„Sicher, mein Kind." Hiltrud gab Gertrud einen Kuss auf die Wange. „Muss ich dich ins Bett tragen? Dafür bist du mir eigentlich zu schwer."

„Das schaffe ich schon selbst." Gertrud löste sich von Hiltrud. „Gehen wir hoch?"

„Geh schon mal vor, ich muss noch etwas mit Erik besprechen."

Hiltrud wandte sich an Tarnus, nachdem Gertrud gegangen war. „Noch mal: Gleich werden die anderen kommen und das Tantchen mitbringen. Was meinst du, wo sollen wir sie unterbringen?"

„Gilgs Zimmer wäre am besten", schlug Tarnus vor. „Da ist genug Platz und ich könnte bei ihr wachen."

„Warum wachen?"

„Hannes meinte, wenn man den Schlafmohn absetzte, könne es zu Erregungszuständen kommen, ‚Excitationes‘, wie er es ausdrückte."

„Ja, natürlich." Hiltrud nickte, dann brach sie in Tränen aus. „Erik", schluchzte sie, „es wächst mir alles über den Kopf. Gerade war das eine wirklich dramatische und ernste Angelegenheit. Doch immer ruhig bleiben, auch wenn die Anspannung immer größer wird. Aufpassen, dass die Situation nicht aus dem Ruder läuft. Zu Gertrud zärtlich sein und jetzt die Pflege für das Tantchen organisieren – Erik, alles bricht über mir zusammen und ich frage mich ständig, ob ich dafür genug Kraft habe, ob ich stark genug bin."

Tarnus beugte sich vor und strich Hiltrud liebevoll über die Wange. Er sagte nichts, doch er schob Hiltrud seinen Bierkrug hin.

Hiltrud nahm ihn in beide Hände. „Als Petter erzählte, was er im Dorf herausgefunden hatte, besser gesagt, gehört hatte, da war es mir, als hätte man mir den Boden unter den Füßen weggezogen." Hiltrud trank einen Schluck. „Das Bier ist gut."

„Trink noch einen Schluck."

„Als ich daran dachte, dass ich dir die Geschichte, die ich gerade erlebt habe, noch einmal berichten müsste, war mir das schon zu viel."

„Petter kann es mir auch erzählen und irgendwann kannst du auch darüber sprechen. Ich hätte normalerweise auch vorgeschlagen, dass wir morgen einen kleinen Spaziergang an der frischen Luft machen könnten, aber den müssen wir wohl verschieben." Tarnus lächelte sanft.

Hiltrud trank einen weiteren Schluck und setzte den Krug ab. Sie stand auf und wischte sich die Augen. „Erik, wie du das kannst: mich aufrüsten, mir zur Seite stehen. Du verstehst mich und weißt zur rechten Zeit das rechte Wort. Du weißt es aber auch ohne Worte. Und dafür liebe ich dich." Sie machte eine

Pause. „Sag nichts. Ich gehe jetzt zu Gertrud, um nach ihr zu sehen. Ich glaube, sie schläft schon, ansonsten singe ich sie in den Schlaf. Und ich glaube auch, dass ich schon Pferdegetrappel höre."

Petter kam in die Küche. „Ach, Erik, du bist noch da. Ich dachte, du hättest dich hingelegt."

„Ich hätte nicht schlafen können. Ich hätte mich gerne nützlich gemacht, aber das geht leider nicht. So habe ich hier gesessen und bei einem Schluck Bier vor mich hin gesonnen."

Petter setzte sich an den Tisch. „Im Haus schläft jetzt alles." Dann stand er noch einmal auf, holte eine Flasche und zwei Gläser. Eines stellte er vor Tarnus. „Guter alter Kirschbrand."

„Für mich nicht", wehrte Tarnus ab, „ich habe schon Bier getrunken."

„Aber für mich." Petter schenkte sich ein Glas ein. „Auf den Abend." Er trank einen Schluck. „Furchtbar, der Abend."

„Das kann man wohl sagen." Hiltrud trat in die Tür.

Petter stellte sein Glas ab. „Was machst du denn hier, min Deern. Ich dachte, du wolltest bei dem Tantchen schlafen."

„Ich konnte nicht schlafen", gab Hiltrud zurück. „Tante Hannelorchen schläft aber tief und fest. Mal sehen, wie die weitere Nacht wird. Hoffentlich bekommt sie keine Unruhezustände. Du, Erik, sagtest, dann könne man ihr diese Mohn-Speise geben. Die haben wir aber nicht mitgenommen."

Petter trank sein Glas aus. „Ich bin froh, wenn dieses Teufelselixier nicht auf dem Gutshof ist." Er stand auf und griff nach der Flasche. „Mit dem Tantchen im Delirium nehme ich es schon noch auf. Sie ein Gläschen, ich ein Gläschen. Ich gehe mal hoch und haue mich auf dem Strohsack im Zimmer hin. Hiltrud, du siehst nicht mehr so angespannt aus wie vorhin, aber noch nicht gut. Kinder, quatscht noch eine Runde, das tut manchmal gut. Ich mache die Küchentür hinter mir zu."

„Ich glaube, jetzt kann ich darüber sprechen", meinte Hiltrud. „Und danke."

„Ja-ja", brummte Petter.

„Willst du eine Tranlampe mitnehmen?", fragte Tarnus.

„Tranlampe?" Petter sah Tarnus an. „Wozu? Die Treppe dieses feinen Hauses hat doch ein Geländer."

„Es war schon gespenstisch", begann Hiltrud. „Wir zogen ins Dorf ein und die Männer betätigten ihre Dreschflegel und die Frauen hauten auf die Töpfe, dahinter der Pferdekarren. Einige Dorfbewohner fragten, was wir da täten, und schlossen sich uns an, als wir Auskunft gaben. Andere allerdings ließen sich nicht blicken. Insgesamt aber fiel mir zum ersten Mal auf, wie wenige Menschen nur in diesem Dorf leben."

„Ideal für unsere Nonnen", bemerkte Tarnus.

„Ja sicher. Aber lass mich weitererzählen: Wir gingen weiter, bis wir vor das Haus der Nonnen kamen. Die hatten natürlich den Lärm mitbekommen. Zunächst ließen sie sich nicht blicken. Die Dämmerung begann. Und als dann die ersten Fackeln entzündet waren, ließen sie sich doch blicken, wohl aus Sorge, wir würden ihr Haus anzünden.

‚Was wollt ihr von uns?‘, fragte eine von ihnen.

Petter schwoll der Kamm. Er wurde weiß im Gesicht und brüllte: ‚Was wir wollen? Euch das Handwerk legen!‘

‚Aber wir sind friedliche Nonnen und leben für unseren Heiland‘, rief eine andere.

‚Friedliche Nonnen, dass ich nicht lache. Alte Frauen vergiften und sich an jungen Mädchen vergreifen.‘ Petter war außer sich.

‚Wo ist dieser Mann? Wo ist dieser Unhold?‘ Da trat ein Mann aus der Tür und stellte sich vor die Nonnen. Er sah genau so aus, wie ihn unsere Gertrud beschrieben hat: Er war in der Tat grobknochig, hatte eingefallene Wangen und seine Augen lagen in tiefen Höhlen. Auch hatte er langfingrige Hände. Er trug ein weißes Gewand, das ihm von den Schultern bis auf die Füße fiel, und auf dem Kopf etwas Merkwürdiges: Es umschloss die Stirn, die Schläfen und den Hinterkopf wie ein Band – es war nicht die Dornenkrone unseres Herrn, es war auch nicht der Kranz, den Fürsten der Antike zu tragen pflegten – du kennst das, Erik."

„Lorbeerkranz", sagte Tarnus.

„Ja, richtig. Er sah aus wie ein Hohepriester oder etwas Ähnliches. Und dann reckte er seine Arme gen Himmel und fing an zu sprechen: ‚Brüder und Schwestern im Herrn. Seid ihr besorgt, so sprechet und euch wird Rats zuteil.'

‚Du lässt die alte Frau vergiften', kam es dann von dem einen und von dem anderen: ‚Du vergreifst dich an wehrlosen Jungfrauen.'

‚Verlasst euch auf den Herrn für immer, Gott der Herr ist ein ewiger Fels', rief der Hohepriester.

‚Heuchler', kam es zurück.

‚Herr, du hast den Himmel und die Erde gemacht mit deiner großen Kraft, dir ist nichts unmöglich', rief der Mann und streckte weiter seine Hände in die Höhe. Erik, es wogte hin und her und es wurde immer lauter. Ich fühlte mich wie auf einem Pulverfass und die kleinste Kleinigkeit konnte dazu führen, dass die Situation explodierte.

‚Wer gibt dir das Recht?', kam es aus unseren Reihen.

‚Ich sage es euch, ich bin es, der Gesandte, ich bin es, euer Gott.' Und dann geschah es: Das Gesicht dieses Hohepriesters verfärbte sich rot. Mehr und mehr verfärbte es sich – und auf einmal fiel ihm ein Arm herunter. Er selbst fiel zu Boden und Schaum trat ihm aus dem Mund. Sein Körper bäumte sich noch einmal auf und dann lag er entseelt da. Es war auf einmal nur noch gespenstisch und unwirklich. Die Nonnen beugten sich über ihren Hohepriester und wir anderen standen regungslos da – und es herrschte Stille, absolute Stille."

Eine lange Pause entstand. Dann brach Tarnus das Schweigen. „Wie du schon sagtest, Hiltrud, der Herr hat ihn gerichtet. Aber was ist das doch für eine widerwärtige Geschichte!"

„Das kann man wohl sagen", meinte Hiltrud. „Die anderen wollten dann noch Tante Hannelorchen auf den Pferdekarren verladen, aber ich bin so schnell wie möglich zum Gutshof geeilt, um nach Gertrud zu sehen. Ich wusste ja, dass sie in Sicherheit war, aber irgendwie war ich doch unsicher und wollte mich vom Gegenteil überzeugen."

„Und die Nonnen?", fragte Tarnus.

„Die werden jetzt ihren Messias begraben und dann weiterziehen. Erik, die wissen genau, was ihnen blühen könnte. Ich bin mir sicher, morgen früh sind sie nicht mehr da."

„Ich glaube das auch." Tarnus trank sein Bier aus. „Gehen wir schlafen. Wer weiß, ob wir es können, aber wir sollten es wenigstens versuchen. Und wer weiß, was morgen ist. Aber eines wollte ich dir noch sagen: Hiltrud, auch wenn du manchmal daran zweifelst, du bist eine tapfere und starke Frau. Du bist schön, du bist klug und hast ein großes Herz …"

„Ach, Erik", unterbrach Hiltrud und seufzte. Sie ergriff Tarnus' Hand. „Ich könnte dir noch stundenlang zuhören, wie du meine Vorzüge preist, egal, ob du recht hast oder nicht. Doch lass uns schlafen gehen. Wie du gerade sagtest, wer weiß, was morgen ist."

XIII

Tarnus mühte sich auf seinen Krücken in die Küche. Es fiel ihm schwer. Hiltrud machte sich am Herd zu schaffen.

„Hier bist du, Hiltrud. Ich hatte dich schon vermisst. Als ich aufwachte und meinen Arm um dich legen wollte, warst du nicht da."

„Was machst du denn hier?" Hiltrud presste Flüssigkeit aus einem Tuch in eine Schale. „Du hast hier nichts zu suchen, du gehörst ins Bett. Darf ich fragen, wie es deinem Bein geht?"

„Ach ja, das wird schon."

„So, fertig." Hiltrud legte das Tuch mit seinem kugelförmigen Inhalt beiseite. „Jetzt will ich dir einmal etwas erzählen. „Du hast dich die ganze Nacht herumgewälzt und es war unschwer zu erkennen, dass du Schmerzen in deinem Knöchel hattest."

„Hiltrud, das braucht Zeit."

Hiltrud zog Tarnus auf einen Stuhl. „Und das Bein auf diesen Schemel hier. Hochlagern ist jetzt angesagt. Ich lege noch ein Tuch unter, dann ist es angenehmer. Erik, du hast das Bein nicht geschont, dafür bekommst du jetzt die Quittung." Hiltrud öffnete den Verband. „Was sage ich, gerötet und geschwollen." Sie tastete an Tarnus' Stirn. „Kein Fieber. Wenigstens kein Brand im Bein."

„Es ist ja auch keine Fleischwunde vorhanden. Da kann kein Brand hereinkommen. Da wird neben der Syndesmosis noch ein bisschen mehr gerissen sein. Doch Hiltrud, was hätte ich machen sollen? Es war Eile geboten."

„Das weiß ich doch, ich mache mir nur Sorgen. Und da wägt man nicht jedes Wort. Ich bin also am frühen Morgen losgegangen und habe Beinwell geerntet. Den habe ich gehackt, ein wenig aufgekocht und ihn dann durch ein Tuch gegeben." Hiltrud schlug das Tuch auf. „Sieh hier, es ist ein Beinwellmus entstanden." Hiltrud strich das Mus auf Tarnus' Bein und legte ein Tuch darüber. Das machen wir jetzt jeden Tag mindestens für eine Stunde."

„Ich habe dir noch nicht erzählt, was ich über diese Mechthild von Magdeburg herausgefunden hatte."

Hiltrud schüttelte den Kopf. „Nein, ich kann mich nicht erinnern. Aber es ist so viel passiert."

„Das kann man wohl sagen. Nun, Hannes wusste von dieser Frau nichts. Er schickte mich zu einem Gelehrten, der über diese Mechthild Bescheid wusste. Da geht es um die Gottesanbetung und das Gotteserleben, da geht es um Kasteiungen, Gebete und um Ekstase. Und da gibt es eine Hymne oder Ode, ich weiß nicht, wie man das nennt. Ich versuche einmal, das mit meinen Worten zu erklären und das wiederzugeben, was diese Mechthild von Magdeburg geschrieben hat."

„Mach es nicht zu kompliziert", sagte Hiltrud. „Wir sind schließlich keine Gelehrten. Beschränke dich auf das, was in dir den stärksten Nachhall erzeugt hat."

„Das sind die Zeilen, die Mechthild von Magdeburg geschrieben hat." Tarnus trug vor.

„Unglaublich." Hiltrud schüttelte den Kopf. „Ungeheuerlich, dieses Gedicht."

„Du kannst verstehen", sagte Tarnus, „dass diese Zeilen mich einfach nur verstört und zu noch größerer Eile angetrieben haben."

„Das kann ich gut verstehen. Religiös soll das sein? Ich weiß nicht. Mensch, Erik, das ist doch die pralle Wollust, die da geschildert wird! Wenn so etwas in falsche Ohren gerät, dann wird es fatal. Das haben wir ja gesehen." Hiltrud machte eine Pause. Damm fuhr sie fort: „Sag mal, wann ist das geschrieben worden?"

„Etwa vor hundertfünfzig Jahren."

„Vor hundertfünfzig Jahren war man viel strenger als heute. Da sind Menschen schon für ganz andere, viel geringere Äußerungen in den Kerker geworfen oder aufs Blutgerüst gezerrt worden."

„Moin, Kinder." Petter trat in die Küche. „Wo sind die anderen?"

„Moin, Petter", antwortete Hiltrud. „Die sind im Garten, in den Ställen und sonst wo. Und Gertrud schläft noch."

„Also so spät schon", meinte Petter. „Habe verpennt. Tut mir leid."

„Soll ich dir den Brei warm machen?", fragte Hiltrud.

„Nicht nötig." Petter nahm einen Löffel und tauchte ihn in den Brei, der noch auf dem Tisch stand. „Das reicht mir."

„Honig?", fragte Hiltrud.

Petter steckte seinen Zeigefinger in das Honig-Glas und schleckte ihn ab. „Müsste reichen." Er wies auf Tarnus' Bein. „Wie sieht es aus?"

„Nicht gut", sagte Hiltrud. „Ausruhen wäre besser gewesen."

„Ging aber nicht. Hast du Beinwell drauf?" Petter nahm noch einen Löffel Brei.

„Sicher, Beinwell", gab Hiltrud zurück.

„Beinwell ist gut", sagte Petter in Tarnus' Richtung. „Hiltrud kennt viele Kräuter."

„Wie geht es Tante Hannelorchen?", wollte Hiltrud wissen.

„Das Tantchen ist noch voll im Mohnrausch. Das merkt man deutlich. Als ich mich gerade über sie beugte, öffnete sie kurz die Augen und lächelte." Petter kratzte sich am Kopf.

„Ich könnte später, wenn Hiltrud mit den Umschlägen fertig ist, zu dem Tantchen hochgehen", schlug Tarnus vor. „Ich kann Petters Strohsack als Lager nehmen und das Bein hochlegen."

„Hochgehen ja, aber nicht allein!", mahnte Hiltrud.

„Zwei weitere Strohsäcke unter das Bein und fertig." Petter steckte seinen Zeigefinger noch einmal in das Honig-Glas. „Wie gesagt, tut mir leid, dass ich verpennt habe. Aber so etwas wie gestern habe ich in meinem Leben noch nicht erlebt. Ein Hohepriester, der sich für den allmächtigen Gott hält, und Nonnen, die ihm hörig sind und ihm andere junge Menschen zuführen. Ich möchte nicht wissen, wie viele Leichen von Neugeborenen in irgendwelchen Gärten begraben oder in irgendwelchen Teichen versenkt worden sind." Petter hieb kräftig auf den Küchentisch.

„Wenn man alles auf Keuschheit, Armut und Gehorsam beschränkt, dann bleiben doch ganz viele andere menschliche Bedürfnisse auf der Strecke", sagte Hiltrud nachdenklich. „Erik, was meinst du?"

„Ich hätte es nicht besser formulieren können als ihr beiden", gab Tarnus zurück.

Petter stand auf. „Muss noch mal los."

„Wohin?", fragte Hiltrud.

„Ins Dorf. Ich will mich vergewissern, ob diese Brut wirklich weg ist. Meine Schnapsflasche und die verdreckten Sachen werde ich heute wohl nicht brauchen. Aber meine Astschere werde ich trotzdem mitnehmen. Sicher ist sicher. Und du, Hiltrud, versuchst mal, über Tag ein wenig zu schlafen. Hast dicke Ringe unter den Augen."

„Vielleicht ergibt es sich", meinte Hiltrud.

„Ich werde nun hochgehen zu dem Tantchen", sagte Tarnus. „Doch bevor ich nach meinen Krücken greife, müsstest du, Hiltrud, noch das Beinwellmus von meinem Bein entfernen."

„Mach ich." Hiltrud machte sich an Tarnus' Bein zu schaffen. „Aber nicht allein hochgehen."

„Ihr werdet euch schon einigen", sagte Petter. „Doch ich muss jetzt wirklich los."

„Lass dich nicht aufhalten", erwiderte Hiltrud.

Petter verließ den Raum.

„Zuerst bringe ich dich hoch und dann wecke ich Gertrud."
Hiltrud wischte noch einmal über Tarnus' Bein. „Gertrud hat in
der letzten Zeit viel geschlafen. Doch jetzt, da alles vorbei ist,
muss sie auch wieder am täglichen Leben teilnehmen. Das
heißt, früh aufstehen, am gemeinsamen Frühstück teilnehmen
und dann und wann auch mal den Mägden zur Hand gehen. Gut,
sie ist die Tochter des Gutsbesitzers, sie darf reiten und sie darf
lernen. Und sie wird auch wieder unterrichtet werden, sollte
Tante Hannelorchen alles gut überstanden haben, aber sie muss
auch das Leben kennenlernen, welches die meisten Menschen
in unseren Landen führen."

„Willst du ihr nicht noch mehr Zeit geben?"

Hiltrud schüttelte den Kopf. „Das Leben geht weiter, auch wenn
es mal eine Störung gibt. Auch das muss sie lernen."

„Du bist eine kluge Frau." Tarnus griff nach seinen Krücken.
„Wie sollen wir es gleich machen – ich ziehe mich am Geländer
hoch und du trägst die Krücken?"

„So hatte ich mir das in etwa vorgestellt."

„Und das Bein soll ohne Verband bleiben?"

„Richtig. Das Bein ohne Verband, stattdessen die Beinwell-
Umschläge. Aber hochgelagert!" Hiltrud streckte einen
Zeigefinger in die Höhe. „Und das werde ich ab sofort
engmaschig überwachen." Hiltrud wandte sich zur Tür. „Nun
komm."

XIV

Langsam entfernte sich der Ewer von dem Anleger an der Mündung der Krocker Aue. „Hat doch alles gut geklappt", meinte Hiltrud. „Ein Ewer kommt. Einfach nur den Arm hoch und schon legt der Ewer an."

Tarnus grinste. „Dass der Arm einer schönen blonden Frau gehört, hast du nicht erwähnt."

„Nicht so laut", flüsterte Hiltrud, „willst du, dass der Schiffer alles mitbekommt?"

„Keine Sorge, der Jonte ist ziemlich taub. Der kriegt nichts mit. Hast du gesehen, wie ich ihm die Löhnung für unsere Passage in die Hand gedrückt habe? Das war angemessen und ich wollte nicht diskutieren. Und Jonte wollte auch nicht diskutieren und großes Palaver anstellen. Das wäre für ihn zu mühsam gewesen. Komm, Hiltrud, wir machen es uns gemütlich. Ich lege mich immer in einen Stapel mit Tauen, den Po auf den Planken, die Knie über das eine Ende des Stapels und Rücken und Kopf gegen das andere Ende gelehnt." Tarnus legte sich auf einen Stapel mit Tauen.

„Als wären wir noch nicht zusammen auf einem Ewer gefahren", lachte Hiltrud und setzte sich dazu. Aber wenn ich es dir nachtäte, würde mein Rock herunterschlagen und das wäre wirklich unschicklich."

„Unschicklich." Tarnus runzelte die Stirn. „Nach dem, was wir gerade erlebt haben."

„Nicht alle Menschen sind der Satan in Person", meinte Hiltrud.

„Nur die allerwenigsten. Die meisten sind normal. Als Späher hat man natürlich einen anderen Blickwinkel."

„Du hast völlig recht, Hiltrud. Aber es ist nun einmal so, dass die Ereignisse der letzten Zeit in mir noch weiterleben und ab und zu wieder hochkommen. Ich will aber auch wieder zur

Normalität zurückkommen. Ein paar neue Aufträge könnten nicht schaden, obwohl einiges Geld noch vorhanden ist. Aber da ist noch der Umbau auf dem Kattrepel. Wer von uns soll sich um den Handwerker kümmern und ihm sagen, wann er loslegen soll, du oder ich?"

„Du meinst Enno Focke? Sollte alles planmäßig verlaufen, werden wir heute Abend in Hamburg auf dem Kattrepel sein. Ich kann morgen früh zu ihm gehen und die Termine besprechen. Aber Geld haben wir doch genug, Erik. Ich meine, die Zeit auf dem Gutshof hat uns doch nichts gekostet. Machst du dir Sorgen?"

„Nein, überhaupt nicht. Aber ich will, dass es dir gut geht, Hiltrud."

„Mir geht es gut, Erik."

„Sollen wir heute Abend im Brauhaus von Dörte Hendriksen essen?"

„Auf keinen Fall." Hiltrud wurde resolut. Sie nahm ihr Bündel und schlug es auseinander. „Sieh hier: Zwei Schenkel vom Kapaun. Dazu gibt es Pastinaken. Und in diesem Gefäß ist noch schwarze Soße. Aber eine Kanne Bier aus dem Brauhaus wäre nicht schlecht."

Hiltrud nahm Tarnus' Hand. „Ich bin ja so froh, dass du keine Krücken mehr brauchst. Und ich bin wirklich glücklich, dass unserer Gertrud nichts passiert ist."

Tarnus drückte Hiltruds Hand. „Das bin ich auch."

Doch dann lachte Hiltrud plötzlich. „Es passt vielleicht gar nicht, aber es fiel mir gerade ein. Zu komisch war die Situation: Tante Hannelorchen schnarchte in ihrem Mohnrausch und du lagst in diesem Zimmer auf einem Strohsack, die Krücken neben dir, und versuchtest, Gertrud das Rechnen beizubringen. ‚Gertrud, stell dir mal vor, da liegt eine Kogge in Hamburg und rüstet sich für die Umlandfahrt, also die Fahrt um Dänemark herum in die Ostsee. Nehmen wir mal an, auf eine solche Kogge passen 70 Lasten, also der Inhalt von 70 Pferdefuhrwerken. Wie viele Lasten passen auf zwei Koggen?' Und Gertrud überlegte und rechnete. Nach einiger Zeit sagte sie dann: ‚Mit der Umlandfahrt ist es mir zu heikel. Nicht alle Eier in einen Korb legen, sagt Gilg. Besser eine Kogge für die Umlandfahrt und die anderen 70 Lasten auf dem Landweg nach Lübeck und dort auf eine weitere Kogge.'"

Tarnus schmunzelte. „Die Situation war mir entfallen. Aber jetzt, wo du es sagst, ist sie wieder lebendig."

„Situationen kann ich mir gut merken", antwortete Hiltrud. „Na ja, du hast als Gertruds Lehrer dein Bestes gegeben, aber jetzt kann Gertrud wieder bei Tante Hannelorchen unterrichtet werden. Das Tantchen legt Wert auf Selbständigkeit. Ich hatte ihr angeboten, sie könne noch ein paar Tage auf dem Gutshof bleiben, aber sie wollte das nicht. Gertrud wiederum war das nicht recht. Die Zeit, die sie für den Weg ins Dorf braucht, fehlt ihr für ihre kleine Stute."

„Grisella", ergänzte Tarnus. „Ich habe mir den Namen gemerkt."

„Höchst ungewöhnlich für einen Späher", bemerkte Hiltrud. „Du solltest mir aber noch erzählen, was aus den Krücken geworden ist, mit denen du auf dem Gutshof erschienen bist. Sie gehörten doch Hannes dem Bader."

„Petter wollte sie gerne, nicht für sich natürlich. Er hat einen Freund oder guten Bekannten in der Nachbarschaft, der so etwas braucht, sich so etwas aber nicht leisten kann."

„Der alte Joshua?", wollte Hiltrud wissen.

„Kann sein, ich weiß nicht mehr, ob der Name überhaupt gefallen ist oder ich ihn mir nicht gemerkt habe, auf alle Fälle bekommt Hannes ein Paar Krücken zurück. Ich weiß, wo es solche in Hamburg gibt, und zwar nicht zu teuer." Tarnus warf einen Blick auf den Schiffer, der unbewegt am Ruder saß. „Der Jonte hört wirklich nichts, da kann ich dich noch über unsere

Finanzen informieren: Wir hatten ursprünglich 88 Silberlinge, Da gab es Ausgaben für die Barmherzigen Schwestern und Rücklagen für Enno Focke, aber ich denke, dass am Ende etwa 30 Silberlinge übrigbleiben werden."

Hiltrud nahm erneut Tarnus' Hand und drückte sie. „Du willst, dass es mir gut geht, sagtest du gerade. Und ich will es noch einmal wiederholen: Erik, es geht mir gut, gut wie schon lange nicht mehr, und dafür bin ich dir und dem lieben Gott natürlich sehr dankbar."

„Hm", brummte Tarnus etwas verlegen. Doch dann wurde er eifrig und schälte sich so schnell er konnte aus seinem Stapel aus Tauen. „Was macht der Kerl denn da? Hält genau Kurs auf den anderen Ewer da! Pennt der denn?" Tarnus rannte nach achtern und schüttelte den Schiffer, der eingenickt war, und wies auf das andere Boot, das sich näherte.

Der Schiffer schreckte auf und öffnete seine Augen. Schlagartig begriff er die Situation. Nur wenige Wimpernschläge später befand sich der Ewer auf neuem Kurs und eine Kollision war vermieden.

„Wie kannst du hier auf der Elbe pennen?", brüllte Tarnus. „Mensch, das ist gefährlich. Es gibt hier nicht nur dein Boot." Diese Worte konnte Jonte ganz offensichtlich hören. „Ich bin noch in der Dunkelheit von Neuwerk los. Musste viel kreuzen. Hat Zeit gebraucht und war anstrengend", murmelte er zerknirscht. „Tut mir leid. Wenn ihr wollt, gebe ich euch meine Löhnung zurück."

„Wir wollen nicht für lau fahren", brüllte Tarnus dem Schiffer ins Ohr, „wir wollen heil in Hamburg ankommen. Ich werde mich zu dir setzen und dich wach machen, wenn es nötig sein sollte."

Der Schiffer grinste. „Die hübsche blonde Frau neben mir am Ruder wäre mir lieber. Aber war ein Scherz. Alles nicht nötig, ich bin wieder klar und passe jetzt besser auf."

„Und wenn nicht", brüllte Tarnus, „dann bekommst du einen so auf die Nuss, dass du noch lange daran denken wirst."

„Kein Gedanke daran nötig", gab der Schiffer zurück. „Ist es so in Ordnung? Ich passe besser auf und du gehst zu deinem Prachtweib zurück?"

„In Ordnung." Tarnus nickte.

Der Ewer hatte im Hafen angelegt und Hiltrud und Tarnus waren dem Boot entstiegen. „Nichts für ungut", hatte der Schiffer ihnen noch nachgerufen.

„Schon in Ordnung." Tarnus hatte die Hand gehoben. Und in Hiltruds Richtung: „Nicht ganz ungefährlich, diese Situation soeben."

„Kann passieren", gab Hiltrud zurück. „Neuwerk und das Amt Ritzenbüttel, die letzten Vorposten Hamburgs gegen die Nordsee, das ist weit. Da kann man schon einmal müde werden."

„Natürlich, Hiltrud. Aber für mich ist es so: Wenn jemand dich zu Schaden bringen sollte, ich glaube, ich könnte zu einem reißenden Wolf werden."

Hiltrud ergriff Tarnus' Hand. „Das hast du schön gesagt. Aber im Augenblick erscheint es mir so, als ob du auf das Wolfsgewand verzichten könntest."

Tarnus drückte Hiltruds Hand. „Neuwerk, das Amt Ritzenbüttel. Habe dort schon eine üble Geschichte erlebt. Da ging es um Strandraub und Intrigen. Aber das ist schon lange her."

„Wie ich dich kenne, hast du den Fall aber doch gelöst."

„Ja, sicher habe ich das." Tarnus machte eine Pause. „Nein, so war es nicht. Ich bin letztlich gut aus der Sache heraus-gekommen, auch wenn mein Honorar flöten gegangen ist."

„Kann passieren", sagte Hiltrud. „Aber jetzt verfügst du nach Abzug aller Unkosten über ungefähr 30 Silberlinge."

„Wir, Hiltrud, wir."

„Von mir auch wir. Aber diese Summe zeigt mir doch, dass du in der Lage bist, profitabel zu arbeiten, um wirklich anständig über die Runden zu kommen. Aber noch etwas anderes: Du hattest eine Einladung in das Brauhaus von Dörte Hendriksen ausgesprochen und ich hatte sie abgelehnt. Doch langsam werde ich müde und habe keine Lust mehr, den Herd anzustochen. Ich schlage daher Folgendes vor: Wir gehen in das Brauhaus und holen uns eine Kanne des feinen Exportbieres. Die leihen uns die Kanne auch aus – mir wenigstens, wenn ich fein darum bitte. Und dann nehmen wir für jeden von uns noch zwei eingelegte Eier aus dem Glas mit. Den Kapaun, die Pastinaken und die schwarze Soße mache ich dann morgen."

„Eine gute Idee", stimmte Tarnus zu. „Ich bin auch müder als gewöhnlich. Diese Ereignisse wirken offenbar nach. Und nach den harten Eiern und dem Exportbier schläfst du in meinem Arm ein."

„Das werde ich", versprach Hiltrud.

XV

Die Magd Gesine brachte Tarnus zu einer kleinen Kammer im Badehaus von Hannes. „Aber nur auf einen kurzen Moment. Ihr wisst, Meister Hannes ist vielbeschäftigt."

„Weiß ich doch", meinte Tarnus. „Ich werde mich kurzfassen. Nur ein paar Minuten."

„Soll ich euch einen Krug Bier bringen?", fragte die Magd.

„Nein danke, nicht nötig", gab Tarnus zurück.

„Aber eine Rasur und ein Haarschnitt sind dringend nötig. Ich werde Taavi Bescheid sagen, der wird das übernehmen."

„Hat Taavi denn dafür Zeit?", wollte Tarnus wissen.

„Das kriegen wir schon hin. Taavi arbeitet gut, er ist schnell, er ist tüchtig. Das ist es, was man in seinem Beruf braucht." Gesine errötete ein wenig.

„Und Taavi wird demnächst eine freundliche und liebenswürdige Frau an seiner Seite haben, die ihn dabei unterstützt", ergänzte Tarnus. „Sag, Gesine, könnt ihr denn demnächst das Aufgebot bestellen?"

Gesine nickte eifrig. „Das wird bald der Fall sein. Ursprünglich war es so, dass Taavi auf einem Hochamt bestanden hat. Aber dann wollte er noch eine große Festerei veranstalten. Doch das hätte ein langes Ansparen erfordert. Glücklicherweise hat Meister Hannes ihm das ausgeredet. ,Du sollst deine Frau auf Händen tragen, aber nicht eine große Festgemeinschaft', hat er zu ihm gesagt. Jetzt suchen wir eine kleine Unterkunft."

„Das freut mich", sagte Tarnus. „Und alles Gute für euch beide."

Die Tür wurde aufgerissen und Hannes der Bader kam herein. Er schlug Tarnus auf die Schulter. „Schön, dich zu sehen, Tarnus."

„Ich wollte dir kurz berichten, wie alles ausgegangen ist."

„Ein bisschen habe ich schon gehört – du weißt, das Gerede, der Tratsch oder wie man es auch immer nennen soll – aber aus deinem Mund wird das wesentlich klarer sein." Hannes warf der Magd einen kurzen Blick zu, worauf diese sich entfernte und die Tür hinter sich schloss.

„Nun gut. Ich fasse zusammen." Tarnus referierte kurz und knapp.

„Schrecklich, was Menschen sich gegenseitig antun können, zu welchen Taten sie sich aufschwingen und wie sie das zu legitimieren suchen." Hannes schüttelte den Kopf.

„Hannes, du hast mir in dieser Angelegenheit sehr geholfen."

„Ach, Quatsch! Auf diese Weise nehme ich ja auch teil an deinen Erlebnissen, die nicht immer schön, aber immer spannend sind. Aber jetzt mal eine andere Frage: Was macht dein Bein? Ich sehe keine Krücken. Das ist aber gegen die Verabredung."

„Hannes, es geht mir gut. Ich kann wieder schmerzfrei laufen. Die Krücken habe ich auf dem Gutshof gelassen. Aber ich werde sie ersetzen. In den nächsten Tagen bringe ich neues Paar."

„Ach was." Hannes winkte ab. „Von solchen Krücken habe ich genug. Aber was ist mit dieser Syndesmosis? Die heilt nicht vollständig ab, wenn du sie ständig belastest."

„Hannes, du bist ein guter Freund, ein guter Therapeut und ein scharfsinniger Ratgeber und du hast mir sehr geholfen. Aber ich will Hiltrud nicht ständig mit Krücken unter die Augen kommen. Kannst du das verstehen?"

Hannes lachte. „Das Argument will ich gerne stehenlassen. Aber dann bitte noch eine Rasur und einen Haarschnitt dazu."

„Macht Taavi gleich", sagte Tarnus sanft, „ist alles organisiert."

„Dann ist es ja gut", meinte Hannes. „Es zeigt mir, dass mein Laden gut funktioniert."

„Wie geht es deiner Frau?", wollte Tarnus wissen.

Ein Lächeln stahl sich auf Hannes' Lippen. „Alles gut, wir freuen uns sehr. Und bei dir und Hiltrud?"

„Ich kann mein Glück kaum fassen."

Hannes schlug Tarnus auf die Schulter. „Gebe Gott, dass es so bleibt. Tarnus, ich muss weiter. Aber warte kurz auf Taavi, der kommt bestimmt."

„Tarnus, ich muss weiter. Das möchte ich von dir noch ganz oft hören", sagte Tarnus versonnen, doch Hannes hatte die Tür schon hinter sich zugezogen.

Frisch rasiert und die Haare neu geschnitten, trat Tarnus auf die Straße vor Hannes' Badehaus. „Upps." Fast wäre er in einen Mann hineingerannt. „Entschuldigung", murmelte Tarnus. „Nicht aufgepasst, war in Gedanken."

Doch der Mann schlug ihm auf die Schulter. „Tarnus, schön, dich mal wieder zu sehen."

Tarnus sah näher hin. „Justus, tut mir leid, ich habe nicht aufgepasst."

„Sagtest du schon. Du warst wahrscheinlich gedanklich mit einem Fall beschäftigt."

„Eigentlich nicht. Es ist nur so, dass aufgrund meines letzten Falles einige Sachen liegengeblieben sind. Die gilt es jetzt aufzuarbeiten."

„Ich habe von einer Sache gehört, in der ein Verrückter sich für den Messias ausgegeben hat, um sich mit Nonnen und unschuldigen Jungfrauen zu umgeben. Könnte es sein …?"

„Genau an dieser Sache war ich dran", unterbrach Tarnus. „Unappetitliche, verstörende Angelegenheit."

„Aber wie immer mit deinem Scharfsinn gelöst." Justus der Schreiber lachte.

„Nicht ganz." Tarnus wiegte den Kopf. „Ich hatte gute Beratung. Und letztlich wurde der Fall durch Hiltruds Beharrlichkeit gelöst. Du weißt, Hiltrud, meine …" Tarnus drehte die Hand. „Meine Magd. Sie hat sich in die Spähertätigkeit gut eingearbeitet."

„Die Frau an deiner Seite", korrigierte Justus lächelnd, „ich habe sie ja auch schon kennengelernt."

„Nun ja", sagte Tarnus. „Was hat sich denn mit dem Schiffer Hans und seinem Besanewer ergeben?"

„Da verhandeln wir noch. Im Augenblick fährt er für uns als Lohnunternehmer. Aber das Boot muss ins Dock. Ich habe meine Fachleute darangesetzt. Da ist einiges zu tun und das übersteigt die finanziellen Mittel von Hans Wolters. Insofern gibt es verschiedene Möglichkeiten."

„Und die wären?"

„Wir, das heißt natürlich, mein Prinzipal, kaufen ihm das Boot ab, renovieren es und er mietet es zurück. Sale and lease back heißt das in der Fachsprache."

„Du bist international aufgestellt", bemerkte Tarnus.

„Fünf Jahre London", sagte Justus nicht ohne Stolz, „da habe ich eine Menge gelernt. Aber Hans könnte auch auf seinen Besanewer verzichten und als einfacher Lohngänger für uns fahren. Das ist ohne irgendein unternehmerisches Risiko, wir zahlen gut und tüchtige Schiffer sind uns jederzeit willkommen."

„Justus, wenn ich helfen kann oder mit Hans sprechen soll, sag es bitte. Aber eine Frage habe ich noch an den Fachmann: Wie kann ich gespartes Geld sicher anlegen?"

Justus zog die Augenbrauen hoch. „Darf ich fragen , um welche Summe es sich handelt?"

„20 bis 30 Silberlinge", gab Tarnus zurück.

„Nun", Justus machte eine Pause, „Geschäfte um Koggen und Ewer werden in der Regel in Gold-Dukaten abgewickelt.

Silberlinge zählen da nicht so viel. Versteh mich nicht falsch, Tarnus, ich will dich nicht kränken – doch Moment mal, du bringst mich auf eine Idee." Justus wurde eifrig. „Würde ein Teil des Kaufpreises eines Ewers durch solche Summe aufgebracht, wie du sie gerade nanntest, dann könnte man vielen Kleinsparern eine gute Möglichkeit geben, ihr Geld sicher und seriös anzulegen. Tarnus, ich danke dir für die Anregung!"

„Viele Kleinsparer machen aber doch wesentlich mehr Arbeit als wenige Handelsherren, die in Golddukaten bezahlen", wandte Tarnus ein.

„Das ist es ja, Tarnus. Wir haben tüchtige Schreiber und auch solche, die es erlernen. Aber alle sind nicht ausgelastet. Das würden die locker schaffen. Nein, nein, die Idee ist gut und zusätzlich schafft sie Reputation für meinen Prinzipal."

„Dann würde mir also von dem Ewer zum Beispiel ein Seitenschwert gehören?"

Justus schüttelte den Kopf. „Der Teil eines Seitenschwertes vielleicht. Aber dieser Anteil würde natürlich gut verzinst."

„Wie hoch?", wollte Tarnus wissen.

„Ich denke mal, pro Jahr den zehnten Teil der Einlage. Das sollte schon drin sein."

„Ja, das hört sich gut an, Justus. Vielen Dank für deine Informationen."

„Nein, ich danke dir, Tarnus. Du hast mich auf neue Ideen gebracht. Und wenn du Fragen hast – jederzeit."

Die Männer verabschiedeten sich und Tarnus schritt zum Kattrepel zurück. Ob Hiltrud schon genauere Termine mit Enno Focke in Erfahrung gebracht hatte?

„Hiltrud?" Tarnus ließ die Türglocke erklingen und betrat seinen Laden auf dem Kattrepel.

„Bin in der Küche", hörte er dann. Tarnus sah in die Küche. Hiltrud stand am Herd. „Habe mir gedacht, du würdest bald kommen. Da habe ich schon mal mit den Vorbereitungen für das Essen angefangen. Die beiden Schenkel vom Kapaun sind auf dem Feuer, die Pastinaken auch. Die schwarze Soße allerdings hatte schon einen Stich, die musste ich wegtun. Minna bereitet sie anders zu als ich. Ich glaube, sie gibt mehr Rahm dazu als ich. Dann hält sie allerdings nicht so lange."

Hiltrud verteilte Teller und Löffel auf dem Küchentisch. „Für jeden einen Schenkel vom Kapaun. Wie soll ich die Pastinaken aufteilen?"

„Für jeden die Hälfte, aber bitte gerecht teilen."

Hiltrud füllte die Teller. „Wie war dein Tag?"

„Hiltrud, Kapaun ist immer ein Festessen, da will ich dir nicht mit den Banalitäten des Alltags kommen." Tarnus griff nach dem Schenkel und biss hinein. „Köstlich. Sag mal, wie bist du an den Kapaun gekommen?"

„Minna hat ihn mir eingepackt. ‚Wenn du schon auf dem Kattrepel wohnen musst, dem Ort der Hurenhäuser und der zwielichtigen Schankwirte, sollst du wenigstens etwas Anständiges essen.' Insgesamt glaube ich aber, dass sie dich in ihr Herz geschlossen hat."

„Wie auch immer." Tarnus nagte an den Resten seines Schenkels. „Kapaun ist immer lecker. Aber sag mal, wofür sind denn die zusätzlichen Teller da?"

„Für die Knochen", antwortete Hiltrud. „Ich finde, wenn es schon einmal Kapaun gibt, sollten wir die Knochen nicht einfach auf den Tisch legen."

Tarnus stutzte. „Darüber habe ich noch nicht nachgedacht. Aber du hast recht. Zu einem guten Essen sollte der Tisch auch anständig gedeckt werden. Und wenn man das durch einen zusätzlichen Teller hervorheben kann, ist das in Ordnung. Manchmal denkt man eben nicht darüber nach, wie gut es einem geht, und so langsam lerne ich auch zu verstehen, dass du diesen Laden hier wohnlicher gestalten willst. Es soll ja schließlich auch dein Heim sein."

„Über den Umbau müssen wir noch reden", sagte Hiltrud. „Aber erzähle erst einmal, was du erlebt hast."

„Ich war unter anderem bei Hannes und habe ihm berichtet. Nebenbei habe ich mir die Haare scheren und den Bart rasieren lassen."

„Das sieht man", bemerkte Hiltrud. „Die letzte Rasur hat Petter auf dem Gutshof vorgenommen, es war jetzt wirklich nötig."

„Dann habe ich Justus getroffen, du weißt, Schreiber und rechte Hand des Eike von Bensheim. Er hat mich beraten, wie wir unser Geld anlegen könnten. Da gäbe es eine Beteiligung an einem Ewer …"

„Genau darum geht es mir auch", fiel Hiltrud ein. „Ich will kurz berichten: Ich war bei Enno Focke, um Einzelheiten zu unserem Umbau zu besprechen. Eigentlich ging es nur um Termine, so glaubte ich wenigstens. Aber dann druckste Enno Focke herum und gestand mir, dass er die kalkulierten Preise nicht einhalten könne. Die allgemeine Teuerung habe auch bei ihm durchgeschlagen. In der letzten Zeit sind die Preise für Hafer gestiegen – nicht nur für Hafer, aber auch. Und da haben die Hauderer, also die Eigner der Fuhrwerke, gesehen, dass ihre Kosten steigen. Daraufhin wollten sie höhere Transportkosten durchsetzen und haben ihre Kapazitäten verknappt. Und dazu kommt, dass auch die Preise für Holz gestiegen sind. So kommt Enno Focke nur noch zu stark gestiegenen Kosten an sein Material. Er ist in einem Dilemma: Einerseits will er seine Auftraggeber nicht verprellen, andererseits kann er nicht unter seinen eigenen Kosten arbeiten."

„Auf dem Gutshof haben wir davon nichts bemerkt", sagte jetzt Tarnus, „da haben wir Naturalien getauscht, also beispielsweise Eier gegen Pastinaken oder Kirschen gegen Milch, aber hier in der Stadt merkt man so etwas natürlich eher. Es stimmt, alles wird teurer."

„Erik, nicht so allgemein! Es geht darum: Können wir uns einen Umbau leisten und stehst du dahinter?"

„Über welche Summen reden wir?", fragte Tarnus.

Hiltrud sah Tarnus an. „Ursprünglich waren 20 Silberlinge gedacht, jetzt kämen wir auf 32. Sag mal, willst du das eigentlich noch unter diesen Umständen?"

„Hiltrud, es ist doch für dich. Du sollst dich wohlfühlen. Welche andere Frau zöge zu Roberecht Erik Tarnus in seinen Laden auf dem Kattrepel? Ich hätte nie gedacht, dass du das machen würdest. Und wenn du den zarten Wunsch nach einem kleinen Umbau äußerst, dann geht das doch klar. Selbstverständlich!"

„Und was ist mit der Geldanlage von Justus?"

„Er hat mir eine Beteiligung an einem Ewer vorgeschlagen, keine große, sondern eine Beteiligung für kleine Leute. Nicht Golddukaten, sondern Silberlinge. Er meinte, ich hätte ihn auf diesen Gedanken gebracht. Eine solche Anlage könnte pro Jahr den zehnten Teil der Anlage bringen."

„Das hört sich verlockend an." Hiltrud wiegte den Kopf. „Aber welche Risiken gäbe es, sei es beim Verlust eines solchen Ewers, sei es, wenn es mal wirtschaftlich nicht so läuft? Wie lange bindet man sich?"

„Fragen über Fragen, Hiltrud. So genau habe ich natürlich nicht nachgefragt. Ich war so überwältigt von unserem neuen Reichtum, dass ich möglicherweise die Bodenhaftung verloren habe."

Hiltrud beugte sich vor und gab Tarnus einen Kuss auf den Mund. „Erik, du bist so verständnisvoll. Dafür liebe ich dich."

„Ich dich auch", brummte Tarnus und erwiderte den Kuss.

Da bollerte es an der Tür, dann ertönte die Glocke. Eine barsche Männerstimme rief fragend: „Roberecht Erik Tarnus?"

XVI

Tarnus trat in den Ladenraum. „Der bin ich." Er musterte sein Gegenüber. Es war ein Büttel der Stadt Hamburg. Auf seinem Kittel prangte das Wappen der Hansestadt. Das musste Wiebkes Stickerei sein, die sie als Auftragsarbeit für den Rat der Stadt verfertigt hatte! Tarnus kannte den Büttel – der war einer von der raueren Sorte, einer, der sich der Wichtigkeit seines Amtes sehr bewusst war. „Womit kann ich dienen?", fragte Tarnus höflich.

„Mitkommen", antwortete der Büttel genauso barsch wie zuvor.

„Wohin?", wollte Tarnus wissen.

„Mitkommen, sagte ich, das reicht."

„Moment." Hiltrud trat in die Tür. „Es ist nicht egal, warum Meister Tarnus mitkommen soll. Für eine Verwaltungsangelegenheit wird er sich anders kleiden als für einen Gang zum Gericht."

Der Büttel stutzte. Damit hatte er wohl nicht gerechnet. „Na gut", sagte er, „aufs Rathaus."

„Etwas genauer bitte." Hiltrud stemmte die Hände in ihre Hüften. „Es geht um Hut und Mantel oder Hut und Umhang. Meister Tarnus verkehrt in den höchsten Kreisen. Zuletzt hatte er es mit dem Handelsherrn Eike von Bensheim zu tun und dem großen Gelehrten Friedrich von Ringstetten. Zu seinen Auftraggebern gehört auch der Rats- und Gerichtsherr Carl von Bensheim. Und für eine Geschäftssache wird er sich anders kleiden als für eine Zeugenaussage."

Der Büttel verdrehte die Augen. „Was mischt ihr euch überhaupt ein?"

Hiltrud fuhr fort: „Ich bin nicht nur die Magd von Meister Tarnus, ich bin auch seine Wirtschafterin und führe ihm die

Bücher. Außerdem bin ich auch für seine Garderobe zuständig."

„Ist ja gut." Der Büttel winkte ab. „Es geht zu dem Mitglied des Hohen Rates und Gerichtsherrn Carl von Bensheim. Aber bitte etwas zügig. Ich bin ein vielbeschäftigter Mann."

„Also Hut und Umhang. Ich beeile mich." Hiltrud zog die Sachen aus dem Regal. „Bitte sehr, Meister."

Tarnus kleidete sich. „So, fertig, wir können."

Der Büttel ging zur Ladentür und schüttelte den Kopf. „Frauen, Kleidung, ich fasse es nicht."

Tarnus folgte dem Büttel, drehte sich aber noch einmal kurz zu Hiltrud um und sah, wie sie ihm ein Auge zukniff.

Der Büttel, der auf dem ganzen Weg geschwiegen hatte, klopfte im Rathaus an eine Tür. „Ja bitte", hörte Tarnus.

Der Büttel trat ein. „Hier ist euer Mann."

„Lasst ihn herein."

Der Büttel ging auf Tarnus zu. „Da hinein."

„Danke", sagte Tarnus.

„Jetzt laufen die auf dem Kattrepel schon mit Hut und Umhang herum", hörte er noch, dann schloss er die Tür hinter sich. Carl von Bensheim saß in einer großen Amtsstube an einem Schreibtisch, auf dem unzählige Akten in verschiedenen Stapeln aufgehäuft waren. Auf den ersten Blick ein jovialer älterer Herr mit geröteten Wangen und Bauchansatz. Aber Tarnus wusste, dass Carl von Bensheim auch ein scharfsinniger und durchsetzungsstarker Mann war, dazu ein Verhandlungskünstler, der es nicht nur zu einem reichen Handelsherrn, sondern auch zum Gerichtsherrn gebracht hatte. Und nicht ohne Grund war er zudem Mitglied des Hohen Rates der Stadt Hamburg.

Bensheim sah auf. „Tarnus, schön euch zu sehen."

Tarnus nahm den Hut ab. „Ihr habt mich rufen lassen, Herr von Bensheim."

„Ja, das habe ich." Bensheim zog aus einer Tasche seines Kittels eine Brille mit einem Metallgestell, setzte sie umständlich auf, griff nach einer Akte und sagte entschuldigend: „Diktieren ist einfacher als Lesen, die Augen lassen nach." Er schlug die Akte auf. „Ich untersuche im Augenblick ein mögliches Tötungsdelikt, und dazu brauche ich eure Aussage. Ich will allerdings nicht verhehlen, dass mir auch eure Einschätzung zu diesem Fall wichtig ist."

„Worum geht es denn?"

„Nun setzt euch doch." Bensheim wies auf einen Stuhl vor dem Schreibtisch.

Tarnus, der vor dem Schreibtisch stehengeblieben war, entledigte sich seines Umhangs und nahm Platz.

„Was könnt ihr mir zu Jan Elversberg sagen?", begann Bensheim.

Tarnus überlegte. „Jan Elversberg war an einem Tag, der schon einige Zeit zurückliegt, zweimal bei mir. Das erste Mal fragte er an, ob ich nach seiner Frau und seiner Tochter suchen könne. Als ich ihn um weitere Informationen bat, verließ er mich. Nach einigen Stunden kam er wieder und gab mir weitere Informationen. Aber als ich ihn dann fragte, was er mit seiner Frau machen würde, wenn sie zu ihm zurückgekehrt wäre, flog erst ein Bierglas, dann brachte er hervor, er würde sie grün und blau schlagen. Nach diesem Wutausbruch verließ er mich."

„Hm", brummte Carl von Bensheim, „das geht schon in meine Richtung."

„Sagt", Herr von Bensheim, „was ist mit diesem Jan Elversberg?"

„Er ist tot", antwortete der Gerichtsherr. „Ich lese euch jetzt aus der Akte vor: ‚Mein Eheherr, er wollte mich schlagen, was er häufiger tat. Ich wollte ihn abwehren und habe ihn nach hinten geschubst. Da glitschte er aus und fiel nach hinten. Er schlug mit dem Kopf auf die Ziegel auf. Er tat noch einen Schnaufer, dann brachen seine Augen. Ich habe mich noch über ihn gebeugt, um ihm zu helfen, aber er war tot. Ich bin sofort zu den Nachbarn gelaufen und die haben einen Büttel geholt.'" Bensheim legte die Akte ab. „Es geschah im Innenhof des elversbergischen Hauses. Der Büttel bestätigte, dass zwischen den Ziegeln Gräser, Kräuter und vor allem feuchtes Moos vorhanden gewesen wären."

„Das war also die Aussage der Ehefrau Anna." Tarnus war betroffen.

„Ja, das war ihre Aussage. Jan Elversberg ist tot und ich als Gerichtsherr habe zu untersuchen, ob es sich um ein Tötungsdelikt handelt."

„Was genau?"

„Seht, Tarnus: War es ein häuslicher Unfall, ein sehr bedauerlicher natürlich, dann muss ich nichts unternehmen. War es hingegen ein Fall von Notwehr, dann ist die Rechtslage anders. Da gibt es Rechtsvorschriften, an die ich mich zu halten habe."

„Kann die Tochter, die auch Anna heißt, nicht bezeugen, dass es sich um einen Unfall gehandelt hat?"

„Die kann man nicht vernehmen. Die weint fortwährend. Aus der ist nichts herauszubekommen."

„Das ist es", entfuhr es Tarnus.

„Was ist es?", fragte Bensheim irritiert zurück.

„Ich erinnere mich: Da war bei Jan Elversbergs Ausführungen die Rede davon, dass es zu den Aufgaben der kleinen Anna gehörte, die Zwischenräume der Ziegel zu versäubern, also sie von Gräsern, Kräutern und Moos zu befreien. Und gerade Moos kann bei Nässe glitschig sein. Jetzt fühlt sie sich schuldig am Tod des Vaters und deswegen kann man nichts aus ihr herausbekommen."

120

„Sehr scharfsinnig", bemerkte Bensheim. „Ein wichtiges Argument für einen häuslichen Unfall."

„Wie ich schon ausführte: Es gibt für Unfall und Notwehr unterschiedliche Rechtsvorschriften. Bei einem Unfall wird das Verfahren eingestellt, bei Notwehr ist die Sachlage anders. Hier in Hamburg wird derjenige, der einen Menschen in Notwehr getötet hat, der Stadt verwiesen. Im Falle der Anna Elversberg schon deswegen, weil sie ihren Eheherrn und damit ihren Ernährer getötet hat. Es soll damit vermieden werden, dass sie der Hamburgischen Fürsorge anheimfällt. Nun, gottlob, träfe es auf Anna Elversberg nicht zu, da sie ohnehin die Stadt verlassen möchte, um zu Verwandten nahe Lüneburg zu ziehen. Ihr seht, Tarnus, viele Gedanken und Konsequenzen, die aber jetzt vom Tisch sein dürften. Der Begriff der Notwehr ist übrigens schon lange Teil unserer Rechtsgeschichte, wird aber merkwürdigerweise seltener behandelt. Schon im Sachsenspiegel, also viele Jahre vor unserer Zeit, setzte man sich mit der Notwehr auseinander. Damals stand der Sühnegedanke im Vordergrund. So musste die Verwandtschaft des in Notwehr Getöteten entschädigt werden …"
Bensheim dozierte weiter und Tarnus fühlte, dass er Kopfschmerzen bekam. Da hatten sich zwei Menschen bekriegt, der eine mit körperlicher Gewalt, die andere mit Worten. Bis aufs Messer war der Kampf gegangen – und das alles vor den Augen der achtjährigen Tochter.
„Soweit die Ausführungen über die Notwehr", endete Bensheim.
„Eure Kenntnisse in der Justiz und der Historie sind bewunderungswürdig", sagte Tarnus lahm.
Bensheim winkte ab. „Ich muss sagen, als mir diese Anna Elversberg zum Verhör gebracht wurde, wirkte sie auf mich wie das klassische Opfer: Mager, verhärmtes Gesicht, scheu und

dazu wie eine Frau, der es knapp gegangen war. Ja, und überdies noch mit einem impulsiven Eheherrn versehen. In der gleichen Weise hat mir auch die Oberin des Klosters der Barmherzigen Schwestern die Sache dargestellt."

„Ihr habt sie auch geladen?", fragte Tarnus.

„Nein, nein, natürlich nicht. Ich habe ich sie aufgesucht. Es ist immer wichtig, dass die Balance zwischen weltlicher und geistlicher Ordnung stimmt. Ich denke hier an das Kirchenasyl, das Anna Elversberg für eine gewisse Zeit zuteilwurde. Da gibt es manchmal Spannungen. So habe ich als Zeichen gegenseitiger Achtung einen kleinen Spaziergang zum Kloster unternommen." Bensheim schlug auf sein Bäuchlein. „Frische Luft und Bewegung tun mir immer gut. Manchmal frage ich mich, warum ich mir das alles noch antue. Ich komme schließlich auch in die Jahre."

„Herr von Bensheim", antwortete Tarnus. „Ich wüsste nicht, wer euch an Scharfsinn und profunden Rechtskenntnissen übertreffen könnte."

„Meint ihr?" Bensheim ließ diese Frage im Raum stehen. „Die Oberin hat übrigens sehr gut von euch gesprochen, Tarnus. Wie ihr euch für ein Menschenkind, besser zwei, eingesetzt habt, ohne sie persönlich zu kennen, das hat ihr Respekt abgenötigt." Tarnus merkte, wie seine Kopfschmerzen stärker wurden. „Um ehrlich zu sein, habe ich nach dem Wutausbruch des Jan Elversberg befürchtet, dass die Leiche seiner Frau an einem der nächsten Tage aus einem Fleet gefischt würde."

„Uneigennützig und mit großem Herzen habt ihr gehandelt", meinte Bensheim. „Das verdient allen Respekt."

„Danke", gab Tarnus zurück.

„Darf ich fragen, wie eure Auftragslage aussieht?" Bensheim beugte sich vor.

„In der letzten Zeit war ich auf einem Gutshof in der Nähe von Elmshorn gebunden, aber jetzt bin wieder hier in Hamburg."

„Dann ist es ja gut. Tarnus, kommt morgen gegen zehn Uhr zu mir. Ich habe einen Auftrag für euch."

„Für euch, Herr von Bensheim, sind meine Auftragsbücher nie geschlossen", bemerkte Tarnus.

„Das weiß ich doch." Bensheim senkte seine Stimme. „So viel nur jetzt. Eine Magd hat mich bestohlen. Hartnäckig geleugnet hat sie, doch alles sprach gegen sie. Nun, wie verfährt man in einem solchen Fall? Hängt man es an die große Glocke? – Nein, natürlich nicht. Ich pflege es so zu machen, dass ich einen solchen Menschen an ein Siechenhaus vermittle, wo dieser sich dann bei freier Kost und Logis eine Zeit bewähren kann. Das habe ich in diesem Fall auch getan – nur ist meine Magd dort nicht angekommen."

„Ich werde versuchen, euch nicht zu enttäuschen."

„Übrigens", Carl von Bensheim lächelte, „ich habe ein neues Fass vom alten Rigaer Met bekommen. Den müsst ihr unbedingt probieren."

Es klopfte an der Tür.

„Gewiss, gerne." Tarnus stand auf und griff nach seinem Umhang. „Ich sollte eure knapp bemessene Zeit nicht länger in Anspruch nehmen. Man verlangt nach euch."

„Ja bitte", rief Bensheim.

Ein Büttel öffnete die Tür. „Die besagte Frau in der Sache Tetendorp ist da."

„Soll hereinkommen", ordnete Bensheim an, und zu Tarnus gewandt: „Dann bis morgen."

„Ich werde pünktlich erscheinen", versprach Tarnus.

XVII

Tarnus schlich nach Hause. Mehr als ein Schleichen war es nicht – Tarnus war bedrückt. Mit welcher Leichtigkeit doch Carl von Bensheim das Thema wechseln konnte, hier die Untersuchung eines möglichen Tötungsdeliktes, dort Ausführungen über seinen Getränkekeller. Sicher, Carl von Bensheim hatte als Gerichtsherr mit vielen Verbrechen zu tun, und dieser Angelegenheiten nahm er sich mit Sicherheit sorgfältig an, doch warum machten ihm, Tarnus, solche Dinge so viel aus? Hier eine Gruppe fehlgeleiteter Nonnen mit ihrem selbsternannten Heiland, dort zwei Eheleute, die sich das Leben schwer machten, besser gesagt, einen häuslichen Krieg führten. Sicher, er hatte verschwiegen, dass Anna Elversberg Worte wie Waffen benutzen konnte, doch was hätte das gebracht? Im schlimmsten Fall hätte es dazu geführt, dass die kleine Anna, jetzt schon Halbwaise, von ihrer Mutter getrennt, in einer karitativen Einrichtung aufgewachsen wäre – wie elend!

Gertrud vom Gutshof kam ihm in den Sinn. Tarnus konnte sie vor sich sehen, wie sie auf ihrem kleinen Pferd – eine Stute natürlich mit dem Namen Grisella – vor dem Gutshof herumritt, unschuldig und arglos. In diesem Fall war die Geschichte gut ausgegangen, aber es gab keine Möglichkeit, dieses Mädchen in letzter Konsequenz zu behüten und zu beschützen. Warum konnte Bensheim mit solchen Sachen so gut umgehen, während er, Tarnus, immer wieder ins Grübeln kam? Es war doch sein Beruf, das Spähen, das Hinabsteigen in dunkle, üble Fälle, Verbrechen, schmutzige Familienangelegenheiten und was alles sonst noch! Dazu noch sein Broterwerb. Gut, dass Hiltrud an seiner Seite war und er hoffte, sie auf dem Kattrepel anzutreffen. Tarnus trottete weiter, doch dann blieb er stehen.

Ein unbezwingbares Bedürfnis überkam ihn. Er erbrach sich in ein Fleet.

XVIII

Tarnus trat ein in die gute Stube, sein neues Kontor oder wie auch immer man den neu entstandenen Raum nennen sollte. Ein kurzer Blick – Enno Focke hatte ganz offensichtlich gute Arbeit geleistet.

„Fertig", rief Hiltrud und brachte ein Kissen in Form. „Oh, Erik, wie ist das alles so schön geworden. Hinter der Tür die Sitzbank, auf der man auch liegen kann. Da der Tisch mit den Stühlen, hinten der Sekretär und dort die Tür. Hast du gesehen, dass sie nach innen aufgeht? So kann man einen wichtigen Kunden besser ins Kontor geleiten, als wenn sie andersherum aufgeht." Hiltrud sprach eifrig und ihre Wangen waren gerötet.

„Habe ich gesehen, Hiltrud." Tarnus küsste sie auf die Wange. „Sehr schön, sehr schön. Mit einem solchen Ergebnis hätte ich niemals gerechnet."

„Enno Focke waren die Preissteigerungen sichtlich peinlich. Aber was soll er machen? Er hat, wohl um sein schlechtes Gewissen zu beruhigen, noch eine Sitzauflage für die Bank und zwei Kissen dazugelegt."

„Sehr anständig", brummte Tarnus. „Die Geldanlage in den Ewer habe ich schon ausgebucht und auch Justus informiert. Doch davon später. Allerdings habe ich ja schon den neuen Auftrag von Carl von Bensheim. Du weißt, die verschwundene Magd suchen."

Hiltrud nickte. „Weiß ich. Aber Erik, wir kommen auch ohne diese Geldanlage klar. Außerdem wäre das nicht wirklich mein Ding: Erst ein Bruchteil an einem Ewer, später ein ganzer Ewer und danach ein Teil an einer Kogge. Und vielleicht wäre man ganz am Ende für eine ganze Kogge verantwortlich." Hiltrud schüttelte sich.

„Dann will ich die Bank einmal ausprobieren." Tarnus ließ sich langsam auf der Bank nieder. „Sehr bequem."

„Du kannst dich auch draufplumpsen lassen, die Bank ist aus Eichenholz. Doch übrigens – du trägst am Gürtel die Trinkflasche, die Eike von Bensheim dir geschenkt hatte."

„Ja", sagte Tarnus und lachte. „Die Flasche ist auch gut gefüllt. Doch dazu gehört eine Geschichte. Willst du sie hören?"

„Natürlich", antwortete Hiltrud.

„Gut, dann fange ich an. Ich ging los, um diese Flasche, die ich am Gürtel trage, füllen zu lassen. Ich dachte mir, wir könnten am Abend mit einem Gläschen Wein auf den gelungenen Umbau anstoßen. Ich kenne da einen Laden, in dem Wein verkauft wird. Ich hatte an einen Heunisch gedacht. Ich muss sagen, dass ich mich mit Wein nicht sonderlich gut auskenne, aber ich weiß, dass der Heunisch als gute Traube gilt, aus dem fernen Magyarenland kommt und als feurig, aber nicht berauschend gilt. Auf dem Weg zu der Händlerin lief mir Justus über den Weg – ganz zufällig. Als Erstes sagte ich ihm, dass ich von dem Projekt mit dem Ewer Abstand nehmen müsse, da die allgemeine Teuerung auch auf unseren Bereich durchgeschlagen hätte. Er nahm das zur Kenntnis, doch seine Blicke hefteten sich an die Trinkflasche an meinem Gürtel. ‚Wie schön, das Geschenk meines Prinzipals an deinem Gürtel zu sehen.‘ Ich sagte ihm, dass ich auf dem Weg wäre, sie füllen zu lassen. ‚Womit?‘, fragte er.

‚Mit Heunisch‘, sagte ich. ‚Es gibt da einen kleinen Laden …‘

‚Kommt nicht in Frage‘, unterbrach er mich. ‚In diese Flasche gehört nur Vinum purum, der Wein meines Prinzipals.‘

Er nötigte mich geradezu, ihn zum Haus des Eike von Bensheim zu begleiten, um dort die Flasche zu füllen."

„Er wollte dir etwas Besonderes zukommen lassen, nimm es als Zeichen seiner Wertschätzung."

Tarnus nickte. „Ja, natürlich." Aber dann schmunzelte er. „Die beiden Vettern sind sich in der Wahl ihrer bevorzugten Getränke sehr ähnlich: Auserlesen muss es sein und kein Weg zu weit. Carl von Bensheim bevorzugt alten Rigaer Met, von livländischen Metsiedern sorgsam gebraut. Eike von Bensheim genießt Vinum purum, einen edlen, unübertroffenen Wein, der in Portugal, auch Lusitanien genannt, gekeltert wird. Von diesem fremden, fernen Land gelangt der Wein dann durch Danziger Handelsherren auf gefährlicher Fahrt nach Hamburg."

„Ist es nicht schön, dass auch wir von diesen Gewohnheiten profitieren können? Doch wie ging es mit Justus weiter?", wollte Hiltrud wissen.

„Letztlich hat er mir die Trinkflasche mit Vinum purum gefüllt. Aber auf dem Weg sprach er mit mir über die allgemeine Teuerung, den Schiffbau, die Handelswege und vieles mehr. Hiltrud, ich glaube, Justus ist genauso ein Mann wie Hannes. Er kann große Zusammenhänge erkennen, er denkt strategisch. Soll ich dir ein paar Einzelheiten erzählen oder langweile ich dich?"

„Erik, ich kann dir stundenlang zuhören." Hiltrud stand auf, machte sich am Schrank zu schaffen und stellte zwei Gläser auf den Tisch. „Für den Vinum purum. Du hast mir das Stichwort gegeben. Doch erzähle weiter."

„Erst sprach Justus über die Teuerung und die Tatsache, dass es schwerer werden würde, Investoren für Schiffe zu finden, weil die Preise für Materialien wie Holz sowie auch die Lohnkosten stiegen, die Frachtraten aber nicht in derselben Weise. ‚Wir müssen effektiver werden und neue Wege gehen', sagte er. ‚Warum von Hamburg um Dänemark herumfahren, um in die Ostsee zu gelangen oder auf dem Landweg nach Lübeck und dort ein Schiff zu beladen? Nein, Hamburg liegt doch an der Nordsee! Handel mit den Nordseeanrainern, Fischfang in der

Nordsee! Die Gewässer vor Samland sind ohnehin schon überfischt. Aber für beides braucht man Hochleistungsschiffe, keine Koggen. In diese Dinge investieren, das wird sich lohnen. Vor allem mit neuen Konzepten, die Investoren überzeugen. Den Handel mit London, Brügge, Rotterdam intensivieren. Doch auch die Tatsache bedenken, dass Hamburg an der Elbe liegt. Die Elbe ist ein Niedrigwasserfluss, doch das können unsere Ewer. Also ab nach Wittenberge, Tangermünde, Magdeburg.' Es war spannend, ihm zuzuhören. Hiltrud, manchmal frage ich mich, warum ich solche Visionen nicht auch entwickeln kann."

Hiltrud nahm Tarnus' Hand. „Du bist eben Roberecht Erik Tarnus. Und du hast ein Herz, ein großes und weites."

Tarnus zog seine Hand zurück. Es war ihm etwas peinlich. „Dann war ich noch bei Friedrich von Ringstetten – du erinnerst dich – der Gelehrte, der mir mit Mechthild von Magdeburg weitergeholfen hatte. Doch diesmal nicht, um Informationen einzuholen, sondern einfach, um zu fragen, wann er sein Buch ‚Undine' fertiggeschrieben habe. Ich erzählte dir davon. Ringstetten hatte eine bittersüße Geschichte geplant, in der ein Ritter ein Mädchen aus dem Volk der Wassergeister freit, die aber Passagen enthalten sollte, als schlügen tausend Nachtigallen. An den Nachtigallen war mir am meisten gelegen."

„Und?", fragte Hiltrud.

„Er bekommt sie nicht fertig. Ich hatte ursprünglich daran gedacht, den Vorleser dieses Gelehrten zu engagieren, um dir anlässlich unseres erfolgreichen Umbaus aus diesem Buch vorlesen zu lassen, aber daraus wird leider nichts."

„Du müsstest mal die Trinkflasche von deinem Gürtel lösen", sagte Hiltrud.

Sie nahm das silberne Gefäß entgegen und schenkte in die beiden Gläser ein. „Auf dich, Erik."

„Auf dich, Hiltrud", antwortete Tarnus und ergriff sein Glas.
„Auf uns." Hiltrud trank einen Schluck. „Vinum purum, ich weiß ihn zu schätzen." Dann sah sie Tarnus an. „Nun bist du dran. Mal sehen, was du alles über Undine erzählen kannst."
„Aber ich sagte doch, das Buch wäre noch nicht fertig."
„So lange will ich aber nicht warten." Hiltrud rutschte zu Tarnus auf die Sitzbank. „Wir legen uns eine Decke über und dann fängst du an mit deiner Undine. Und lass die Nachtigallen schlagen! Währenddessen schauen wir in das Licht der Tranlampe und trinken einen Schluck von dem edlen Wein."
„Na gut", brummte Tarnus. „Hoffentlich bist du nicht enttäuscht."
Hiltrud strich Tarnus zärtlich über das Haar. „Die Idee mit dem Vorleser – unglaublich. Dafür liebe ich dich. Doch ich bin auch davon überzeugt, dass deine Geschichte von Undine viel schöner sein wird als die des Gelehrten. Aber eines musst du mir versprechen."
„Und das wäre?"
„Die Geschichte muss gut enden."
„Wer weiß?" Tarnus wiegte seinen Kopf.
„Nicht ‚wer weiß'. Die Geschichte *muss* gut ausgehen."
„Gut, versprochen." Tarnus zog eine Decke über Hiltrud und sich.

„Eines Tages stand ein Ritter am Strand. Da kam ein Mädchen auf ihn zu."
„Wie sah sie aus?", wollte Hiltrud wissen.
„Sie war blond, und wenn sie lächelte, hatte sie wunderschöne Grübchen auf den Wangen."
„Erik, du sollst ernsthaft erzählen. Was trug sie denn für Kleidung?"
„Gekleidet war sie an Schönheit reich, doch ungekleidet der Schönheit gleich."

„Jetzt wirst du anzüglich." Hiltrud knuffte Tarnus in die Seite. „Erzähle einfach die Geschichte ohne Hintergedanken. Außerdem passt das nicht zu dir."

„Du hast recht", gab Tarnus zu. „Das Gedicht ist von einem anderen Dichter. Dann will ich es noch einmal versuchen."

„Aber du versprichst, dass die Geschichte wirklich gut ausgeht."

„Habe ich doch schon", meinte Tarnus. „Aber ich verspreche es gerne noch einmal."

„Eines Tages saß ein Ritter, Huldbrand geheißen, an den Gestaden der mittelländischen See. Eines langen Rittes müde, war er von seinem gleichsam ermüdeten Pferd gestiegen, hatte es an einer Quelle getränkt und an einen Ast angebunden. Nun saß er da, die milde Abendsonne wärmte ihn, und er sinnierte. Da kam auf einmal – er hatte die sich Nähernde gar nicht bemerkt – ein Mädchen auf ihn zu, eher wohl eine junge Frau. Sie wirkte auf den ersten Blick unscheinbar gekleidet, doch war von anmutiger Gestalt. Ihr Gesicht war ebenmäßig und ihre Augen leuchteten in tiefem, weichem Glanz, dass es eine Freude war, sie anzuschauen. Dem Ritter ward es ob dieses Zusammentreffens fast unheimlich und er brachte keinen Ton heraus. Die junge Frau ergriff statt seiner das Wort. Anmutig knicksend sagte sie: ‚Ich bin Undine und wie heißt ihr, Herr Ritter?'

‚Huldbrand', gab der Ritter zurück, doch mehr kam ihm, ihres Liebreizes ansichtig, nicht über seine Lippen.

‚Ist es gestattet, neben euch Platz zu nehmen?', fragte Undine. Der Ritter aber konnte nur nicken, wusste gar nicht, wie ihm geschah, und eine feine fiebernde Röte durchzog sein Gesicht."

„Erzähle weiter, Erik", flüsterte Hiltrud und kuschelte sich enger an Tarnus. „Du kannst so schön erzählen."